JN104359

写楽・考

蓮丈那智フィールドファイルⅢ

北森 鴻

角川文庫
24163

目次

憑《より》代《しろ》忌《き》

『より‐しろ【依代・憑代】神霊が招き寄せられて乗り移るもの。
樹木・岩石・人形などの有体物で、
これを神霊の代りとして祭る。

広辞苑』

1

発端は他愛のない都市伝説とごく些細《ささい》な出来事であった、かもしれない。

『東敬《とうけい》大学キャンパスの東端に建つ木造旧校舎・零号教場、通称白明館《はくめいかん》の前で写真を撮ると、必ず重要単位を落とす。しかもそうして落とした単位は再履修を試みても、決して取り直すことができない』

この手の言い伝えはどこの大学にも一つや二つ、いや大学がもつ歴史の長さによっては十も二十も拾い上げることができる。金沢大学では、通学途中にある《W坂》を試験中に通ると、ダブる（留年する）といわれているし、上京する受験生が新幹線の車窓から富士山を見ると、受験に失敗する——まったく逆の言い伝えもあり——というのも、同じ類《たぐい》の都市伝説だろう。

零号教場伝説にしたところで、そこにあるのは「白明」↓「薄命」↓「単位の永久喪失」→「単位薄命」といった、ごく単純な言葉遊び的変換がなされたに過ぎない。

「あるいは、レポートおよび試験の評価に下駄《げた》を《履《は》くめい》の洒落《しゃれ》だったりして。あははは、こりゃア、傑作だわ」

研究室の一角に視線を泳がせ、内藤三國《ないとうみくに》が誰聞くともない言葉を吐き出したとき、講義を終えた蓮丈那智《れんじょうなち》が戻ってきた。正確を期するならば、三國が言葉のあとに、深《しん》淵《えん》の奥底にまで達するかと思われるほどに深い深いため息をついた、そのタイミングであった。

「肺の中の空気を絞り出す訓練でもしているのかい」

はい那智先生、腹式呼吸こそが健康の源であると、お昼のワイドショーで見たばかりなもので。なんてこと、あるわけないでしょう。悩んでいるんですよ、悩んで。胸の奥深いところで孤独なボケと突っ込みを演じたのち、内藤はもう一度深くため息をついた。

「大丈夫ですか、身体《からだ》の具合でも悪いのですか」

その声質だけで衆生《しゅじょう》の煩悩《ぼんのう》を救済しそうなミラクルボイスの持ち主にして、蓮丈研究室の新たな助手、ついでにいえば、現在人気沸騰中の天才女性シンガー・与弧《くみこ》沙恵《さえ》を双子の妹に持つ佐江《さえ》由美子《ゆみこ》の言葉も、内藤の苦悩を癒《いや》すことはなかった。

「我鬱々《うつうつ》として、まったく楽しむところを知らず、といった様子だね」

「ええ、まあ、その……伝説が、ですね」

「なんだ、研究上の悩みか。それはいいことだね。そうか、民間伝承を研究題材に選んだのか。どんな伝承だい」

「と、ばかりはいえなくて」

「はっきりしないな」

「それが、実は」

「言語は正確に、論理は明快に」

「行動は迅速に。はい、それがフィールドワークの原則、というのはわかっているつもりですが」

なおも言葉を濁していると、

「内藤君が、言動に明快さを欠くのは毎度のことだが」と、那智の物言いもまたいつもながら容赦ない。剃刀《かみそり》の切れ味と鉈《なた》の重さを兼ね備えた言葉が、内藤を責めさいなんでいる。さすがに不憫《ふびん》に思ったのか、

「もしかしたら……例の白明館に関する噂ですか」

救いの手をさしのべる女神の声で、佐江由美子が口を挟んだ。

「どうしてそのことを！」と、裏声の悲鳴をあげた内藤は、己の声が驚愕《きょうがく》と同時に恐怖の色に染められていることが、はっきりと自覚できた。血圧の上昇と下降が繰り返

された、視界にうっすらと赤い膜がかかった気がした。

——いっ、いかんですよ。これは！

いつの間にかその耳元に唇を寄せていた那智が、「ミクニ」と、呼んだ。ある意味において、那智の言葉もミラクルボイスの性質を帯びている気がした。少なくとも、内藤三國にとっては。その声音が聴覚中枢から脊髄《せきずい》を伝って全身に浸透すると、とたんに内藤の細胞は震撼《しんかん》し、そして正常化した。

「白明館というと、零号教場のことだね」

「はい。先生は、あの建物に関する噂をご存じですか」

「ああ、昔から有名だよ。教場の前で写真を撮ると、単位を落とすとかいう」

典型的な都市伝説だ、といったのち、あまりにステレオタイプすぎて研究対象としては面白味が薄いと、那智は言葉を足した。

「そうなんです普通は、ところがですね」

「ふん、伝承に変容が生じた、と？」

向き直った蓮丈那智の目の奥に、好奇の光が宿るのを、内藤はたしかに見た。

異端の民俗学者。

それが、常人以上にトラブルを抱える運命にある人物への称号の一つであることを内藤は知っている。トラブルに臆《おく》するどころか、むしろそれを歓《よろこ》び、たとえ身内に生じたものでさえも好奇の光をあてることを惜しまぬ性情故《せいじょうゆえ》にこそ、「異端」の名を冠せられるのだと、内藤の内面に刻み込まれた経験則が教えてくれる。

東敬大学文学部では、十月の第二週金曜日が卒業論文のテーマ提出期限に当てられている。本文提出は十二月の最終週となっているから、決して早すぎることはない。もっとも、卒論は二年間の専門課程の締めくくりであるという意味において、四年進級時にはおのおのテーマのガイドラインくらいは持っていなければ、というのはあくまでも大学側の主張に過ぎない。三年次から始まる過酷な就職戦線に挑む戦士でもある学生たちにとって、大学の単位とは卒業証書を手に入れるための必須《ひっす》アイテムに過ぎず、専門課程での研究成果を卒業論文で表現しようなどとまともに考える学生は、まずいない。なるべく短期間で仕上げることができ、なおかつ使用資料も少ないテーマを探すことは、一般の学生にとっての至上命題といってもよかった。当然のことながら、テーマはなかなか決まらない。

十月の第二週金曜日が近づくにつれ、学生たちは激しいジレンマと憔悴《しょうすい》感に追われてゆく。

ましてや、蓮丈ゼミを選択している十人ばかりの学生はなおさら、である。

就職が内定しているんです。卒業できなければ取り消されます。

卒業して家業を継がねばなりません。お願いします。

親父が定年退職なんです。これ以上学費を出してもらうわけにはいきません。

年が明けて卒業論文口頭試問ののち、キャンパスに流布される都市伝説に匹敵する数の陳情と哀願が、那智の前に並べられ、そして日を浴びた朝露と化していったのを、内藤はその目で見ている。

夏休み明けから十月にかけて、テーマ提出を受け付ける学生課の周辺にも、そして学生たちの胸の奥にも、憂鬱《ゆううつ》は冬の英国を思わせる重苦しさでたれ込めるのである。

そのような空気の中に、内藤はいた。

——大変なんだな、皆も。

と、かつての自分の姿を学生たちに投影しながら、零号教場にさしかかったときのことだ。「すみません、内藤先生」と、声がかかった。女性である。声の質から察するに相当に若い。

我が身の行く末も見えず、しかも青年の時代をはや終わらんとする独り身の研究助手。キャンパスで若い女性に声をかけられるという事態がほぼない立場では、好ましくないはずがない。けれど素直に遭遇を喜ぶには、内藤の精神構造は屈折しすぎていた。那智の研究室の助手となって以来の紆余曲折《うよきょくせつ》が、悲しき屈折率を与えたといってよい。

事実、似たようなきっかけから巻き込まれた事件がいくつかあるのが頭をよぎる。

「なんでしょうか」という返答が、我ながらぎこちなかった。

振り返ると、どこかで見た覚えのある女子学生の姿があった。たぶん、那智の講座を受講している学生の一人ではないか。とたんに、警戒警報が後頭部のどこかで響いた。ぼくは先生じゃありません、と口にする前に学生がショルダーバッグから小型カメラを取り出していた。

「写真、お願いできますか」

「はい?」

「写真です。撮ってもよろしいですか」

「あなたとわたしが?」

いえ、先生のお写真がほしいだけです、はい、チーズ。

ほとんど反射的に姿勢を正し、ついでにピースサインまで作ってしまった瞬間、カメラに内蔵されたストロボが発光した。シャッター音が耳に届き、どうもありがとうございましたと学生が去ってゆくまでに、呼吸二つ分の間もなかったのではないか。

なにゆえに自分の写真なんだ。

あるいはこれは、とてつもなく明るい未来を暗示する予兆なのか。

内藤は、その場にしばし立ち竦《すく》んでいた。

「で、それが伝承の変容へとつながるわけだ」

那智の質問に答えたのは由美子だった。

「そうなんですよ。零号教場の前で撮った内藤先生の写真を身につけておくと」

那智に提出した卒業論文で、落第点をつけられることがない。また、効果は那智の講義にも及ぶとか。由美子の話によれば、噂はかなり広範囲に流布し、それを信じる学生の数だけ、内藤の写真が焼き増しされている状況にあるらしい。

「なにしろ、先生の講義を必修科目として受講している学生にとっては、死活問題でもありますから」

「内藤君が御守り、とはね。結構なことじゃないか、といいたいところだが、どこか奇妙だな。そもそも伝承の変容にはある種の法則を必要とする」

なぜ、内藤三國でなければならないのか。また零号教場という記号にも、謎が残る。

「たしかに謎ですねえ」

でしょう、と内藤がうなずいたところへ、那智の容赦ない言葉が浴びせられた。

「それほど面白そうなネタがあるのに、どうしてフィールドワークを行なわない」

「と、いわれましても」

「自らを研究の材料にできるなんて、民俗学者としてこれほどの栄誉はないはずだ」

「先生……ですが」

「だからいつまで経っても独り立ちできないんだ、とはいわないがね」

「充分にいってますって」

会話はそれ以上進展することなく、場の空気の重さに耐えきれなくなったのか、佐江由美子は次回講義に使用する資料調べのためといって、逃げるように図書館へと消えた。

珈琲《コーヒー》ミルに豆をセットする内藤の背中に、「――で」と、那智の声がかけられた。

「なんでしょうか」

「とぼけるんじゃない。最後のデータを提示してもらおうか」

「……」

「佐江君の前では、さすがに話しづらいらしい」

「かないませんね、先生には」

「なにがあったのかな」

「近くの緑地公園で、見つけてしまったんですよ。それに多摩川でも」

なにを、とはいわずに、那智は内藤の唇を凝視している。その沈黙に答えるべく、内藤は話を始めた。

どうやら自分の写真が御守り代わりに使われているらしい。

――ま、いいじゃないですか、そんなことがあったとしても。

面映《おもは》ゆくもあるし、少しばかり誇らしい気持ちもどこかにあった。むろん、民俗学の研究室に籍を置く身として、それなりの疑問がないではなかった。けれどしょせん都市伝説とは流れに浮かぶうたかたのようなもので、いつかは弾《はじ》ける運命にある儚《はかな》い夢に過ぎない。どうせ一時的なものであろうよと、気楽に内藤は考えていた。

五日ほど前のことだ。

売店で購入した調理パンと牛乳の包みを抱え、昼食を摂《と》るべく足を運んだのはキャンパスに隣接する緑地公園だった。園内に設置された水車前の東屋《あずまや》、もしくは多摩川の川べりのベンチが、研究室以外の場所で摂る昼食の定位置だった。

――…………!?

食事を終え、一時の休息を楽しむ内藤の目に、奇妙なものが映った。水の流れをエネルギーとして回転を続ける水車に、見慣れたものが貼りつけられていた。毎朝はいうまでもなく、ときにはキャンパスのトイレに付属する鏡の中でも見慣れたもの。内藤三國本人の顔がそこにあった。正確にいうなら、直立したままぎこちなくピースサインを送る、ひどく間の抜けた内藤の顔写真だった。相当長い間そこに貼りつけられていたのか、印画紙がふやけ、額のあたりはぺろりとめくれている。腐敗と膨張の進んだ水死体に見えなくもない、おのが姿に、内藤は情けなさと共に小さな戦慄《せんりつ》を覚えた。

「で、多摩川では、どうだった」

那智の問いに、思わず泣き顔を作りそうになるのをようやくこらえた。

「速贄《はやにえ》、でした」

「というと、百舌《もず》の……あれかな」

「紛れもない、それです。雑木の小枝にぶすっと刺さっていました。ちょうど喉《のど》のところで、ぶすぶすぶすっと」

それもまたかなり以前から放置されていたものか、写真にあいた穴がだいぶ広がっていて、川風に頼りなくなびく。

「これがとっても情けなくて。まるで縛り首にあった囚人を思わせましてね」

「奇妙な果実、というわけだ」

「ビリー・ホリデーですか。いや、そういう問題じゃないんです。先生、これはいったい」

だが、那智はそれに答えることなく、デスクのコンピュータを立ち上げるべく背中を向けてしまった。こうなると、とりつく島がないのはいつものことである。聞き取りにくい声で「憑代《よりしろ》の変換、か」と、那智がつぶやいた気がしたが、それは内藤のささやかな願いが生み出した幻聴かもしれなかった。

二日後。内藤三國は蓮丈那智から思いがけない調査を命ぜられることになる。

2

「蓮丈先生の気まぐれには、かなわないなあ」

ねえ、と内藤はバスの隣席に座る佐江由美子に話しかけた。

「きっと、なにかお考えがあってのことでしょう」

「そうかなあ、佐江君はまだ先生の助手になって日が浅いから」

蓮丈那智の恐るべき気まぐれとわがままを知らないのだと、言葉を続けようとして内藤はやめた。たとえ気まぐれであろうと、佐江由美子と二人で出かけるフィールドワークがつらかろうはずがない。むしろこの場合は那智のわがままに感謝こそすれ、それを非難すべきではないとの、理性的判断が働いたためだ。

「それにしても、火村《ひむら》地区の火村家ねえ」

バスは、南アルプスの山懐《やまふところ》に抱かれた、小さな山村へと向かっている。

「内藤さん、火村家というのは、地元の旧家なのでしょう」

「それも相当に大きな。たぶん土地の名主か、あるいはもっと上の支配層に当たる一族だろうねえ」

日本に限らず、地域の名称を苗字に持つ家は、大きな権力や地位を持つことが多い。内藤は、那智から手渡された資料に目を通した。


「でかいね、これは」

長屋門の下に立って内藤がつぶやくと、由美子がうなずいた。

「かなり年数が経っています」

「うん、明治からこっちということはあるまい。たぶん江戸中期か、もっと古いかも」

「確か、長屋門をもつには、領主の許可が必要ではなかったかしら」

火村家の現当主、火村恒実《つねみ》の屋敷は、火村地区の北東のはずれに位置している。その背後には標高千メートルほどの山塊が迫り、一見して天然の要害となっていることがわかる。

「それに鬼門《きもん》でもありますね」

由美子の言葉に、内藤はうなずいた。

支配層とは同時に庇護者《ひご》でなければならない。火村一族は地域の守り神として、あらゆる災害から人々を庇護する役目を担っていたのだろう。それ故《ゆえ》にこその「鬼門」である。災いの通り道に屋敷を建て、その侵入を防ぐことを目的としたと考えられた。

「だとすると、例の人形も」

内藤がそう言いかけたとき、屋敷の奥から「内藤先生でいらっしゃいますか」と、小柄な老人が駆け寄ってきた。いえ、先生ではありませんという前に、由美子が、

「蓮丈研究室の内藤と佐江です。よろしくお願い致します」

「ああ、こちらこそ無理なお願いを致しまして」

「とんでもない。調査研究が我々の仕事ですから」

「あるじも喜んでおります。これで御守り様の使命を終えることができると」

「そんな、大袈裟《おおげさ》な」

「とりあえずは、中へ。さあどうぞ」

二人の会話に完全に取り残され、内藤は引きつるような笑みを浮かべたまま己の運命について思い返していた。

――なんだか、存在感が薄いんですけれど。ここでも。

さあ、と由美子に手を引かれるように屋敷内へと向かいながらも、釈然としない思いはいつまでも胸の裡《うち》から消えなかった。

黒金と名乗る老人――火村家の家守と本人はいう――から案内されるまでもなく、

屋敷が建築当時の原形を色濃く残していることは一目瞭然《いちもくりょうぜん》だった。細かい手直しは随所に見られるが、磨き抜かれた黒光りする廊下、十字に渡された太い梁《はり》に、火村という「家」の旧《ふる》さと矜持《きょうじ》のようなものが漂っている。「火村家は代々このあたりの大名《おおな》主《ぬし》を仰せつかっておりまして」という黒金老人の言葉が、それを裏づけた。

案内されたのは奥の間。十五畳ほどの畳の間である。

「いい匂い！」と由美子が声をあげたほど、替えたばかりとおぼしき青畳が、独特の芳香を放っている。にもかかわらず、内藤は奇妙な感覚にとらわれていた。ちぐはぐという表現では言い表わせない、むしろ不可思議な統一感といってよいほどの感覚ではあるが、

――どこか……なにかがおかしい。

と、内藤は思った。

座布団と茶を勧められ、待つこと十分あまり。「お待たせしました」と、恰幅《かっぷく》のよい和装の男が現われた。格子《こうし》柄の黄八丈《きはちじょう》に角帯《かくおび》姿が見事に様になっている。そればかりではない。部屋に入る立ち居振る舞い、そして上座へと腰を下ろす仕草のすべてが、和の形を正確に保っている。

「火村恒《つね》実《み》です。このたびは遠路はるばるお越しいただき、ありがとうございます」

「東敬大学蓮丈那智研究室の、内藤です」

「助手の佐江由美子です」

二人の挨拶《あいさつ》に軽く頭を下げる火村の髪は、その大半が白くなっている。にもかかわらず顔には皺《しわ》一つなく、色つやも青年のそれにしか見えない。口元に浮かべた笑みと、奇妙に挑戦的な目つきがそぐわず、内藤は居心地の悪さを感じずにはいられなかった。

――人形、だ。それもからくり仕掛けの。

火村の印象を言葉にしようとすると、その表現しか思い浮かばなかった。

蓮丈那智の面立ちもまた、年齢と性別を超越してどこか人間離れしていると感じることが、ままある。けれどそれは人間以外の生物という意味であって、彼女に人形めいた印象を持ったことは一度としてない。

だが、火村恒実には生の脈動が感じられなかった。内藤はふと「御守り様」という黒金老人の言葉を思い出した。

「蓮丈先生は、お見えにならないのですな」

「はい、今回は基礎調査ですので」

「というと」

「民俗学調査は、美術品の鑑定とは異なります。まず、対象物のデータをできうる限り正確に収集し、そこから推論を導くのですが、それには相応の時間を必要とします」

「かなり、かかるのですかな」

「それは先生次第でしょう。我々は今回、蓮丈那智の耳目として機能します」

「……なるほど」

火村の口調からは、那智が直接調査に当たらない不満は感じられない。だからこそ、よけいに人形めいた印象を受けるのかもしれなかった。

ややあって、黒金老人が部屋に三十センチ四方、高さ五十センチほどの木箱を持ってきた。かなりの年月の流れを感じさせる木肌に、「御守様」の箱書きがある。文字が浮き彫りに見えるのは、墨汁がある種の防腐剤の役目を果たすために、周囲の摩耗と収縮から守られた結果だ。この一事を見ても、箱が相当に古いことを示している。

「よろしいですか」と声をかけると、火村が「よろしくお願いします」と微動だにすることなくいった。

白い手袋を装着し、ゆっくりと箱を開けると、中から黄ばんださらしに包まれた物体があらわれた。

さらしがかなり腐食しているのは明らかだった。それを外科医の手つきでゆっくりとはがしていく。事実、内藤は途中で幾度かピンセットを使用しなければならなかった。

「さらしの一部を切り取ってもよいですか。科学鑑定にかけます」

「というと」

「薬剤を使用してわざと古色を出す場合があるのです」

「民俗学では、そんなことも調査するのですか」

「うちの先生が特別なのでしょう。たまに古物商なんかともつきあっているみたいです。その影響ですかね」

おまけにいろいろトラブルに巻き込まれやすいもので、とは火村には告げなかった。布の大半をはぎ取り、いよいよ中身の形状、色合いなどが微《かす》かに窺《うかが》える段階になった時闖入《ちんにゅう》者があらわれた。それは突然のできごとであった。部屋に飛び込んでくるなり悲鳴に似た大声をあげたのだ。

声の主は中年というにはまだ年若く、そして成熟した女性の毒を充分に秘めた目をしている。毒は微かに畏怖《いふ》を感じさせる色合いを漂わせているように見えた。「水島様、薫子《かおるこ》様」と黒金老人が動揺の声をあげた。

「やめてちょうだい、御守り様に対して、なんということを!」

「薫子、しかしこれはすでに親族の間で」

「関係ありません。御守り様はわが一族のみならず、この村を凶事から守る大切なもの。それを調査にかけるだの、県の資料館に寄付するだの、おじさまはいったいなにを考えているのですか」

「しかし県の教育委員会の人がいうにはねえ」

人間らしい困惑の表情が、初めて火村の顔に浮かんだ。それに乗じるかのように、水島薫子はますます声を大きくした。

「御守り様に手をかけることなど、決して許されません」

「あのう」と、自ら場違いを承知で声をかけた内藤に、水島薫子の敵意がまっすぐな視線となって突き刺さった。

「あなた方はなんですか」

「なんですかといわれましても……御守り様と呼ばれる人形の民俗学調査を依頼されたものでして、はあ」

「そんなものは必要ありません。すぐに御守り様を元の箱にお納めなさい」

「それはできません」と毅然《きぜん》と言い放ったのは、佐江由美子だった。ときには人を癒《いや》すミラクルボイスが、こう宣言した。

「これは火村恒実様から、蓮丈那智研究室が正式な依頼を受けた重要な案件です。一方的な都合で取りやめるわけにはいかないのです」

いやいや、フィールドワークはそれほど厳密なものではなくて、もっと柔軟性をもって、という内藤の言葉は、唇から外に出ることはなかった。というより、出せなかった。

ならばすぐに取りやめの命令を出してくださいと、火村に詰め寄る水島薫子。

これほどまでに価値のある貴重な資料は、絶対に公表すべきですと主張を曲げない佐江由美子。

二つの対立する意識の狭間《はざま》にあって、同室する三人の男はまったくの無力であった。

――こんな時こそ、那智先生がいてくれたら！

天を仰ぎたい気持ちが内藤の中に満ちていたが、それはしょせんかなわぬ願いであり、してはならないことでもあった。

ようやく、「とりあえず今日はこれくらいで」と仲を取り持った黒金のおかげで、一触即発の危機は免れたものの、調査を阻《はば》む水島薫子の気配は少しも和らぐことはなかった。

その夜。

二間《ふたま》の離屋《はなれ》を与えられた内藤と由美子だったが、会話は当然ながら弾むわけもなく、襖《ふすま》ごしに「あの、佐江さん」と声をかけても、「なんでしょうか」と、素っ気ない言葉が返ってくるばかりである。

「いや、別に用事はないのですが」

「嘘ばっかり。本当はいいたいことがあるのでしょう」

「そういわれると、困るんだなあ」

襖が、勢いよく開けられた。仁王立ちというにはあまりに優しい風情で、佐江由美子が内藤を見下ろしている。

「内藤さんって……本当に」

「はい。気が弱くて駄目な研究者です」

「そんなこと、ありません。でも、不思議に思いませんでしたか」

「水島薫子の態度、ですか」

「あまりに強硬すぎるでしょう。わたし、それが気になって」

「まさか……だからあんなに突っかかったのですか」

「ときには強引な調査方法をとることも必要だと」

「かなり那智先生に感化されていますね」

「それ、ものすごい誉め言葉ですよ、わたしにとって」

絶対に違う。それは激しい誤解だといおうとしても、内藤の唇はその機能を失ったかのように、ただ痙攣《けいれん》するばかりだった。

「火村氏は改めて水島薫子と話し合いをするそうですが」

「どうなるかなあ」

水島薫子の態度があれでは、明日以降もまともな調査ができるとは思えない。かと

いってなんの成果も持たずに大学に戻ることを想像しただけで、

――那智先生の視線が、恐ろしい。

内藤は胃の腑《ふ》をじかに摑《つか》まれるような痛みを感じた。

その一方で、

――今度のフィールドワークは、あまりに唐突な気が。

との思いがあった。那智の予測不能な言動は毎度のことではあるけれど、それにしても不可解な部分が多すぎた。

火村家から「御守り様」と呼ばれる人形の民俗学調査の依頼を受けたのは二週間ほど前のことだ。代々伝わる人形を、このたび県の資料館に寄付したい。ついてはその出自、来歴などを調査・考証してほしいとの内容であったが、那智は目下の研究テーマに忙殺されていて、話を保留していたはずだ。

「御守り様……人形……憑代《よりしろ》、か」

「どうかしましたか」

「いや、イメージを並べてみただけです。なんの意味もない」

「それは違うと思いますよ」

「え!?」

「那智先生がおっしゃってました。内藤さんの直感推理は時として自分の考察力を凌《りょう》駕《が》する、と」

「ははは、まさか、そんな」

「ただ、直感を傍証する能力と行動力に、欠けすぎるきらいも、あり、と」

「ですよねえ」

鞄《かばん》からメンソール煙草《たばこ》と携帯用の灰皿を取り出し、火をつけた。それを見て「喫《す》うんですか」と、由美子がいう。

「たまに、先生を気取ってみて」

「じゃあ、わたしにも一本ください」

「へえ、喫うんだ」

「……たまには那智先生を気取ってみて」

二つの紫煙が室内で絡み合い、やがて溶けてゆく様は限りなくたおやかで優雅ですらあったが、一連の出来事で鋭利になった内藤の直感は、別の予兆を感じ取っていた
──かもしれない。

翌日、いったんは土蔵に戻されたはずの御守り様人形が紛失したという報《しら》せが、黒金老人からもたらされた。

3

奥の間に、昨日は見ることのなかった人の姿があった。

土方浩治《ひじかたこうじ》。話に登場した、県の教育委員会から出向して、現在は県立資料館に勤務している人物である。

「あれが紛失したとは、どういうことですか」

「それは当方が聞きたいことだ」

怒りが充分含まれた声の応酬が響いている。

「そんなことより、早く御守り様を捜さないと」

「わかっている。だが闇雲に捜すといっても」

「ここに座って角をつき合わせていても、始まらないでしょう」

「じゃあ、ぼくはとりあえず資料館の方に連絡をとりますから」

土方と火村のやりとりに薫子が絡み、とても収拾のつきそうにない三つどもえの混線鼎談《ていだん》に、内藤と由美子は遭遇した。二人の姿を見るなり、土方の表情が一瞬変わったかに見えたが、あるいはそれは内藤の錯覚だったかもしれない。それを横目に見ながら聞いた。

「黒金さん、例の人形がなくなったと」

「はい、そうなのでございますよお。昨日たしかに、わたくしめが箱ごと土蔵に納めたのでございますが」

「紛失がわかったのはいつですか」

「今朝でございます。御守り様を前にして、もう一度薫子様と主《あるじ》が話し合いをされるというので、土蔵に参りますと」

「なくなっていた？」

「箱はあったのでございます。持ち上げますと奇妙に軽いので、変に思いまして、中身をその場で見てみましたら、包《くる》んでいたさらしはそのままで、御守り様のみが消えておりました」

「朝というと何時頃ですか」

「たしか……八時を回っておりましたでしょうか」

「昨日、土蔵に人形を納めたのはいつですか」

午後九時頃であったと、黒金は答えた。

横では、決着のつかぬ鼎談がまだ続いていた。

警察に知らせるべきではないのか。いくら貴重な資料といってもたかが人形である。警察沙汰《ざた》にする必要はないだろう。たかが人形とはなんだ。あれこそはこの村と人とを守る大切な「塞《さえ》の神」である。

大きな声のその一言が、内藤の精神を刺激した。

「そうか、塞の神だったのか。だから御守り様なんだ」

「内藤さん」と、由美子が話に加わろうとしたのを手で制して続けた。

「つまり御守り様は憑代だった。憑代とは常民の住む現世《げんせ》と異界である常世《とこよ》との境目に位置する憑依物《ひょういぶつ》です」

常世からやってくるマレビトはときに吉事をもたらし、ときに凶事をもたらす。よきマレビトは憑代に憑依し、人々に様々なものを与える役割を担っている。そこで執り行なわれる儀式が祭事であり、あらゆる芸能の原点となったと、折口信夫《おりくちしのぶ》は述べている。

逆に、凶事をもたらすマレビトから現世を守るのが塞の神の役割である。そして憑代と塞の神が一体である事例が、各地でいくつか報告されている。

「この屋敷の位置関係から考えても、御守り様は塞の神であると同時に憑代とされた可能性が高い」

「屋敷は村の鬼門の方角に建てられています」

「鬼門とは、まさしく異界との接触点なのです」

自らの仮説に酔いながら、内藤は脳内の奥深いところで、別の声を聞いていた。

――ナニカガ、違ッテイナイカ。齟齬《そご》ガアリハシナイカ。

「でも、どうしてその人形が消えなければならなかったのでしょうか」

由美子の言葉が、内藤の視線を反射的に水島薫子の方へと、向けさせた。あれほど調査に対して激しい敵意をむき出しにした薫子ならば、という思いが我知らずのうちに込められていたかもしれない。が、失敗だった。顔がこちらを向いたのだ。しまったと思うまもなく、反撃の怒号が浴びせられた。

「なによ、その目つきは。わたしが犯人だとでもいいたいわけ」

「いえ、けっしてそのような」

「もともとは、あんたたちがしゃしゃり出たことから始まったんじゃない」

まったくの言いがかりだった。調査を依頼してきたのは火村恒実であって、那智が自ら申し入れたわけではない。そう答えようとしたのだが、そのことを口にしたのはやはり内藤ではなく、由美子だった。が、そこに土方までもが加わり、事態はますます混迷の度合いを色濃くしていった。

「それに、どうして蓮丈先生はお見えにならないのですか。失礼でしょう、こんなちばしの黄色い助手を派遣するなんて」

「わたしたちは、あくまでデータ収集が役目なのです」と、由美子が反論すると、土方の口調はますます激しく、言葉はエキセントリックなものに変わっていった。

曰《いわ》く、東京の学者は地方を馬鹿にしているのではないか。地方から美味《おい》しいところだけつみ取っていっては自分の手柄にしようとする。それはまさしく詐欺師の手法ではないか。おまけに調査のイロハもわからない助手がしゃしゃり出てくる、とはどういう了見なのか。

勝手放題の土方の口吻《こうふん》を聞くうちに、内藤にはこの男の性格がおぼろげながらわかった気がした。

中央学界への憤懣《ふんまん》。そしてコンプレックス。

ある意味で正義であり、ある意味で邪悪な精神。

もしかしたら御守り様の民俗学調査を、自らの手で行ないたかったのではないか。

——だとすると……。

人形紛失事件にまつわる容疑者の姿を、内藤は新たに見つけたことになる。

結局人形は見つからず、話も続かず、各々部屋に引き上げることとなった。そして地元の図書館に調べものに行くといった由美子を見送り、内藤は離屋《はなれ》に一人寝転がって考えていた。

なぜ人形は消えたのか。だれが、どこへ、と疑問は広がる一方で、いっこうにまとまる気配がない。無為のうちに、メンソール煙草をひと箱分空《から》にし、近くの雑貨屋に向かおうとしたのはすでに午後六時近い時刻だった。長い廊下を歩いていると、背後から「内藤先生」と、声をかけられた。

「黒金さん、どうしました」

「ちょっとお話ししたいことが」

「なんですか」

「実は……御守り様が見つかりました」

「そりゃあ、よかった！　どこにあったのですか」

「いつの間にか、奥の間の掛け軸の下に置かれていたのです」

「というと、床《とこ》の間ですか。よかったじゃないですか」

そういう内藤の袖《そで》を引っ張って、黒金は奥の間へと案内した。結局、闖入者《ちんにゅうしゃ》のせいで、包《くる》んでいた布を全部取り去ることができず、御守り様を目視できなかったのだ。

「驚かんでください」と幾度も念を押すことを不審に思いながら、初対面となる人形への期待を高ぶらせ奥の間に入った内藤の目に飛び込んできたのは、あまりに衝撃的な情景だった。

「なんじゃア、こりゃあ！」

無惨であった。いや、凄惨《せいさん》ともいえた。

横たわっていたのは惨殺された童女人形だった。無論、命なき人形であるという意味において、惨殺という表現が適切でないことは内藤も理解している。けれどそこにあるのは、紛《まご》うことなき人形の惨殺体であった。

人形の素材は粘土のようなものだろう。着せられた着物の具合、仕立て、文様から見て、相当に手の込んだ造りが全体に施されているのが見てとれる。ならば顔とても例外ではない。さぞや見事な、かわいらしい顔に造形されていたであろうとは容易に想像がつくが、すべてが想像の域を出ることはない。

なぜなら、御守り様人形は、無惨に顔をつぶされていたのである。

内藤の中で、速贄《はやにえ》にされた自らの肖像写真と、顔をつぶされた御守り様人形が重なっていた。

——運命の相似形だ。

暗い予兆を意味する言葉はすぐに浮かんだが、運命の指し示す方向、その先にあるであろう具体的な出来事には、思いが及ばなかった。

「このことを、だれかに?」

「いや、わたくしが発見しましたのはつい先ほどのことで」

「御守り様は、いつこの場所に置かれたのでしょうか」

「さて、昼前にみなさまがこの部屋を出られて以来、だれも入ることはなかったはずです」

「犯人以外は、ということですかね」

床の間に近づき、御守り様人形を取り上げようと手を伸ばした時、悲鳴が聞こえた。

絹を裂くような、などといった穏やかな声ではない。瞬間的に、声の方向で惨劇が発生したのを確信したほどの凄《すさ》まじいけものめいた声が、最初は断続的に、そして二人の男の理性をかき乱すような、ある種なまめかしさを感じる長い長い余韻を残して、ふっと途切れた。しばしの沈黙ののち、我に返ったように内藤と黒金は走りだした。

この家には屋敷の外側に面した庭園とは別に、二つの居間に挟まれる形で、小さな内庭がある。枯山水《かれさんすい》の造りだ。

薄暗い中目を凝らすと、左端に石灯籠《どうろう》が一基。

その灯籠に寄りかかる格好の、人の形をしたものが見えた。黄八丈の上半身が赤い。すでに日が落ち、わずかな残照の朱色が滲《にじ》んでいるのかと内藤は思ったが、そうではないのに気づき愕然《がくぜん》とした。

女性が内庭に面した廊下に座り込んでいた。すでに絞り出すべき声を使い果たしたのか、ときおりしゃくりあげているのは水島薫子であった。

——先生、蓮丈先生、助けてください。

気がつくと、内藤は膝《ひざ》が崩れ、今にも床に倒れそうになっていた。

よく見なくともわかった。顔面をつぶされ、無惨な死に様をさらす火村恒実の姿に、内藤は理性も悟性も、自らの姿勢を維持する気力さえも霧散したことを、ただ認めるしかなかった。

大変でしたね、とかけられた佐江由美子のミラクルボイスに、内藤は思わず涙を流しそうになったが、ようやくこらえた。

「まさか、わたしのいない間に、こんなことが起きるなんて」

「それが唯一の救いですよ」

フィールドワークの最中にトラブルに巻き込まれるのは、蓮丈研究室では半ば必然性の問題であるとさえ噂されていることを、由美子にはまだ知られたくはない。そう判断できる程度の理性を内藤は取り戻しつつあった。

「殺人予告……というのですよね」

「ミステリの世界では、たしかに、そうもいわれているね」

「火村家のことを、少しだけ調べてみました」

火村一族がこの地の大名主に任ぜられたのは江戸時代初期。当主には代々、美術品・書画骨董《こっとう》の収集癖があり、二つの土蔵の中にはその道の逸品も数多く収蔵されているという。

「で、例の御守り様については」

「古い文書《もんじょ》にわずかに記述が。それによると人形に災い降りかかるときは、改むるべし、と」

「改むる？　いったいなにを」

「わかりません。文書にはそう記されているのみでした」

「ごく一般的に考えるなら、気持ちを一新せよ、ということになるのかなあ。とすると、この場合の災いとは、憑代《よりしろ》としての人形から発《あ》せられる、悪しき託宣《たくせん》ということになる」

「人形が代わりに災いを受けるから、お前たちはそれを心せよ、という意味もあるかもしれません」

たしかに、それもあると、内藤はうなずいた。

マレビト——神といってもよい——の憑代《よりしろ》、ことに人形はやがてその機能を変化させ、《形代《かたしろ》》となる。そもそもはマレビトとの接触点に存在する触媒《しょくばい》であったものが、やがて接触点を自在に生み出すための器物と化し、そのものが神霊の代理と変化してゆくのである。さらに《代理》という機能は拡張し、常民の身代わりとして災厄を自らの体内に引き受け、川などに流されることによってこれを防いだのが、陰陽道《おんみょうどう》でいうところの《ひとかた》である。

だが、火村家の御守り様は形代にはならなかった。火村恒実に降りかかる災いを我が身に引き受けることなく、ただその死を予言する悪しき憑代でしかなかったということになる。民俗学の方法論を用い、オカルティズムの領域で決断を下せば、の話ではあるが。

瞼《まぶた》の裏側、といってよいかはわからない。が、そのあたりとしかいいようのない部分に全く別の映像が甦《よみがえ》った。初めて奥の間に通されたときの情景が破壊された御守り様人形に重なり、同時にあのとき感じた不思議な違和感が甦った。

まだすがすがしい青臭さの残る畳の間と、童女人形。

「どうしたんですか、内藤さん」

「いや、どこかでイメージが、その……錯綜《さくそう》しているような」

だが、その答えは容易に見つかりそうにない。そのもどかしさに髪の毛をかきむしろうとしたときだった。

「面白い話だなあ、おい、内藤」

襖《ふすま》の向こうから野太い声が聞こえた。入っていいかどうかを問うこともなく、巨漢が二人の前に姿を現わした。

「まさか、秋月……か？」

「おう！　ちっと目方が増えちまったが、秋月真一に間違いないよ」

「どうしてお前が、こんなところに」

「そりゃあ、こちらの台詞《せりふ》だ。事件関係者の中に内藤三國なんぞという、滅多にない名前を見つけて面食らっちまったぞ。おまけに東敬大学蓮丈那智研究室の助手様とは、ナ」

「もしかすると秋月、警察官に？」

「所轄の刑事課だ」

秋月真一は、かつての同級生であった。学部こそ違ったが、同じアパートの隣人として長いつきあいのあった男だ。

「そうか、こちらの生まれだったか」

「ああ、生まれも育ちも火村だよ。それにしても、内藤が蓮丈先生の研究室にいるとは」

言葉の裏側に、大変だろうという半ば同情めいた響きが見え隠れしていた。当時も今も、那智の奇人ぶりは学内に知らぬものがない。なにを好きこのんでそんな因果な研究室に、といおうとしたのであろうが、佐江由美子の姿に気がつくと、秋月はとたんに言葉を濁してしまった。

「それにしても内藤が遺体の第一発見者とはなあ」

「ぼくじゃない。破壊された人形の第一発見者は執事の黒金氏だし、遺体は水島薫子という女性が発見した」

「あまり、変わりはないさ。きわめて事件に近い関係者としては」

「ずいぶんと、大ざっぱだな」

「そんなものだよ、所轄ってのは」

学生時代から屈託のない男だったが、警察官として過ごした日々もその基本性格を変えることはなかったらしい。きわめて快活に、ときには昔話を交えながら事件担当者による事件関係者への尋問が続いた。

「で、先ほどの話だが」

「憑代の問題か」

「専門的なことはわからんが、人形による予告殺人とその憑代とは関連があるのだろうか」

「憑代はいわば信仰の領域だ。現実の殺人とは関係がない」

「だが、信仰を持つ人間が犯行に加わった可能性はあるだろう」

「あくまで可能性の問題だな」

「それを一つ一つつぶしてゆくのが、俺の目下の生業《なりわい》なんだ」

詳しいことは司法解剖の結果を待たねばならないと前置きした上で、秋月は死亡推定時刻を午後二時から四時までと教えてくれた。無論、かつての友情に報いての情報ではない。

「そのころ内藤は、なにをしていた」

「この部屋で、考え事をしていた。ぼおっとね」

「アリバイ無し、だな。佐江由美子さんは？」

わたしは図書館で調べものをしていました。ほとんど利用者がいなかったから、司書の人が覚えていると思うのですけれど、と由美子がいうと「アリバイ確認終了」と、警察手帳に書き込みをしながら、秋月は笑った。

「ぜんぜん、確認してないじゃないか」

「だからいったろう。所轄の捜査はこんなものだって。マスコミが飛びつきそうな派手な事件は必ず県警本部が乗り出してくる。俺たちは単なる耳目に過ぎないのだよ」

秋月の言葉に、どこかで同じ話を聞きはしなかったかと、内藤はふと思った。

4

内藤は日頃持ち歩いているノートに、五芒星《ごぼうせい》の図柄を描き込んだ。

五つの頂点を結ぶ形で円囲みし、それぞれに上から時計回りに《木《もく》》《火《か》》《土《ど》》《金《ごん》》《水《すい》》の文字を書き込んでゆく。

——陰陽五行……だ。

「なんですか、これは」

由美子の問いに応《こた》えて、内藤はいった。

「五行思想における相生《そうしょう》と相剋《そうこく》の関係を示したものです。時計回りの円は相生の関係を、五芒の星は相剋関係を表わしています」

木は木と摩擦を起こして火を為《な》す。すなわち木生火《もくせいか》。

火は燃やし尽くして土（灰）を為す。すなわち火生土《かせいど》。

土の中には多くの金属が含まれている。すなわち土生金《どせいきん》。

金は冷えて水滴を為す。すなわち金生水《きんせいすい》。

水は木を潤し育てる。すなわち水生木《すいせいもく》。

「すると相剋の関係は？」

木は土の養分を奪いとりて成長する。すなわち木剋土《もっこくど》。

火は金をも溶かす。すなわち火剋金《かこくきん》。

土は水の流れを阻む。すなわち土剋水《どこくすい》。

金は——刃物として——木を切り倒す。すなわち金剋木《きんこくもく》。

水は火を滅す。すなわち水剋火《すいこくか》。

「五行思想とはこの五つの元素に様々な性格と象徴、色、方角などを与えて、この世の森羅万象を解析しようとする学問です。陰陽思想も、五行の教えの一つに過ぎないし、一白《いっぱく》水星や二黒《じこく》土星といった言葉で表現される九星占星術も、実は五行の教えの変形なんですね」
「面白いですね」
「それよりも、もっと面白いことがある」
「もしかしたら、事件がらみ、ですか」
「うん。秋月からね、面白いことを聞き込んだんです」
そういって内藤は、五芒星の隣に五人の名前を書き入れた。
火村恒実
水島薫子
土方浩治
黒金欽一
林原隆太郎
「それぞれの名字に、五行における元素が含まれているのがわかるよね」
「この林原という人は？」
林原は火村家の分家に当たる家の家長で六十二歳。若い頃は柔道で鍛えたというのが自慢の人で、たしかに体軀《たいく》は今も隆々としている。内藤などは三分かからぬうちに締め落とされてしまいそうだと、笑っていったのは秋月だった。

「この五人の関係が実に興味深い」

「いわゆる相生《そうしょう》と相剋《そうこく》、ですか」

「まさしくそのとおり。つまりね」

内藤は相剋図をペン先で指した。

「君も知ってのとおり、水島薫子は御守り様の調査と資料館への寄付を、完全否定していた人物だ」

思いもよらない人間関係が、秋月らの調べで次々に明らかになっていた。

執事の黒金老人だが、火村家の預金および有価証券の管理を任されていることを利用してこれを無断に流用、資産に多額の穴をあけていた。どうも火村は薄々そのことに気がついていたらしい。黒金にとって火村は、自らの存在を溶かしかねない危険な存在であった。

「じゃあ、土方さんにとって林原さんは」

「火村氏が土方のよき協力者であったことを考えると、これは相生関係にあったといえる。ところが代々伝わる書画骨董《こっとう》の逸品を資料館に寄付することには猛反対だった」

「御守り様人形だけではなくて、他の品物も？」

「ああ、火村氏はそのつもりだったらしい」

「じゃあ、林原さんと火村さんは相剋関係じゃありませんか」

ところが、そうでもなかったようだと内藤はいった。火村恒実を幼い頃より可愛がり、長じて現当主に据えたのは林原であったという。したがって、火村におかしな言葉を吹き込み、火村家に伝わる逸品を奪い取ろうとする土方こそが敵であると、周囲にも話していたらしい。

「土方は土方で、おかしなオカルティズムにかぶれて御守り様人形譲渡の邪魔をする水島薫子を、相当に嫌悪していたようだから」

「ああ、まさしく土剋水！」と、由美子は声をあげた。

「こうやって五行思想に基づき、殺意のバランスシートを作ってゆくと、火の性を持つ火村に殺意を抱くのは、直接的には黒金老人と水島薫子ということになるね」

「すごいです！　内藤さん」

言葉ではすごいといいながら、佐江由美子の表情には、困惑の色がくっきりと滲《にじ》んでいる。内藤はそのことをすぐに見抜いた。

「なにか気になる点でも？」

「いえ、どこか……あまりに理路整然としすぎて。それも正統派ロジックとしてではなく、五行思想という、現代科学とは別のベクトルを持つ思想内でのロジックに、あまりに当てはまりすぎているというか」

他に人間関係は存在しないのでしょうかと、由美子がいった。

「ああ、そういえばまだ姿を見たことはないけれど、奥さんがいるようだね」

「その人なら見かけました。ちょっときつい目つきの」

「夫婦仲がよくないのかな」

「というよりは、他人が家にいるのが気になるみたいで。『いつまで御滞在ですか』って、言葉は丁寧だけど、明らかに棘《とげ》がありましたね」

「だからといって、ご主人を殺すほどの動機があるのかなあ」

「あの」と、由美子が遠慮がちに口を開いた。そして思いがけない一打を内藤に与えた。

「五行思想はたしかに面白い考えですが、あまりに現実離れしているように思えます」

どこかで、ぱちぱちと手を打つ音が聞こえた。それも一人ではない。

襖《ふすま》が開くと同時に、「ミクニ、いつから君は陰陽師《おんみょうじ》に弟子入りしたのだ」と、聞き慣れた声が室内に響き渡った。

「那智先生！」と、内藤と由美子の声が重なった。

「事件に巻き込まれるのはだれの責任でもないが、おかしな思想にかぶれるのは感心しない」

「でも先生、明らかに相生と相剋の関係が」

「相剋関係を殺意に置き換えることは悪くない。だが、そこにオカルトのロジックを持ち込んでどうする」

そこへ、秋月が割り込んできた。「お前、火村恒実がこの家の当主であることを忘れてはいないか」と、皮肉めいた声色でいった。

「ですよねえ」と、由美子までがその言葉に同調する。突き刺すがごとく内藤に向けられた那智の視線が意味するところは、言わずもがな、であった。

「火村恒実は当主……そう。そうですよねえ、たしかに。でもですよ、特別な遺言書があれば」

「なかったよ、そんなもの。子供のいない氏が死亡した場合」

恒実が死んでしまえば、彼が所有する財産は法的根拠に則《のっと》って相続されることになる。すなわち全財産が妻のもとに転がり込むことになるのである。

「だが、黒金老人はどうなる。火村家の財産の相当額を彼は使い込んでいて」

「それについては和解が進んでいたそうだ。分割で返済する予定だったと、複数の人間が証言している」

「ありゃ、りゃ？　妻に全財産が転がり込むということは、水島薫子にも動機がなくなるってわけだ」

「そうだな。いくら人形に執着しているといっても、氏を殺害したところで人形が手に入るわけじゃない」

「参ったな。完全に手詰まりじゃないか」

「手詰まりだって？　一体どこでなにを見てきたんだ、ミクニ」と、那智がぴしゃりといった。その口振りからして、すでにこの人の頭の中には、唯一無二の解が存在しているのだろう。ほんの数時間前にこの地に到着し、秋月から事件の概要を聞いただけであろうに、である。天の配剤とは決して平等ではないと、内藤はつくづく思う。

「すみません。ぼくはなにを見落としているのでしょうか」

「なぜ、人形は惨殺されねばならなかったのか」

「それは火村恒実殺害を予告するためです」

「どうして、そんなことをしなければならない」

「はい？」

「犯人は、どうして殺人予告をしたのだろうかと、訊《き》いている」

「もちろん、常識的には火村氏に恐怖心を植えつけ、じわじわ、なぶり殺しにするつもりだったと思われます」

那智がマジシャンの手つきで、煙草《たばこ》を取り出した。体育会系そのもののタイミングで、秋月が火をつける。すっと立ちのぼった紫煙の向こう側から、

「君は今なんといった」

「ですから、じわじわとなぶり……って、ああ？　もしかしたら」

「遅い！　火村氏の遺体を見た瞬間に気づくべきだった問題だ」

人形が破壊されていたのが発見されたのが午後六時少し前だが、火村氏の遺体発見はそのすぐあと。そして火村氏が殺害された推定時刻が午後二時から四時の間。ふたつが発見されるまでの時間の間隔が長時間空いていたともいい切れない。なぜなら人形の損壊がいつ行なわれたのかが、特定できないからだ。もし殺害される前に被害者が人形を見たとしても、そこに己の忌まわしい未来を予見することなど、果たして可能だったろうか。火村氏をして、死の恐怖に怯《おび》えさせることが目的ならば、殺害までのタイムラグは、もっと長くとるべきではなかったか。

なによりも、といったのは由美子だった。

「殺人予告という言葉がどうしても気になっていたんです」

「というと」

「だって、殺人予告で火村氏を怯えさせるためには、絶対に必要なものが欠けていましたから」

「……」

「あの御守り様人形が、火村氏を示しているなんて、だれにもわからなかったはずです。だって、そんな形跡はどこにもなかったもの」

壮年の火村と、童女人形。男性と女性。わずかに人形が火村の持ち物であるという一点においてのみ、両者の関係は成立するが、それ以外に共通項はなに一つない。

「だから思ったんです。仮に火村氏が破壊された人形を発見したとしても、それが自分への殺人予告であろうとは、まず考えないだろうと」

「じゃあ、あの人形は一体」

内藤の問いに那智はひとこと、「憑代《よりしろ》の変換だよ」と、答えたのみだった。

5

事件がすべて解決し、一ヶ月経った今でも内藤は、ときおり夢を見ることがある。例の人形ではない。あの不思議な感覚を抱かせる奥の間のことだ。気がついてみれば簡単な理由だった。畳表に使われたいぐさこそ真新しいものであったが、縁《へり》に縫いつけられた布が、違っていたのである。凡《およ》そ百年は使われつづけただろう銘々布は、畳表の新しさと部屋全体を覆う古色とを中和する役目を担っていた。それが慣れない内藤には違和感と感じられたのだ。

同じことが、人形にもいえた。

そして、それがすべての動機だった。

「内藤さん、秋月刑事から葉書が届いていますよ」

佐江由美子がいった。

「珍しいこともあるもんだ、あの筆無精が」と、内容を読み進めるうちに、その理由がすぐにわかった。事件解決を手助けした――というよりは、ほとんど蓮丈チームが解決したようなものだが――礼と、いずれの機会にか上京した折、一杯飲まないかとの誘い。もちろん、「蓮丈那智先生と佐江由美子嬢もご一緒に」との一文が添えられている。

「後味の悪い事件でしたね」

「うん、まさかあんなくだらない動機だったなんて」

火村恒実を殺害したのは妻の静恵と、その共犯者だった。

「憑代の変換、か」

本当に殺害されるべきは、火村氏ではなかったのである。御守り様人形の破壊が目的だったのだ。火村氏殺害の予告に人形が使用されたと見せかけることで、本来の目的が人形破壊であることをカムフラージュするために考えた犯行だった。それが事件の真相だった。

なぜか。すでに御守り様人形は着衣をのぞいて、複製品とすり替えられていたのである。古色のあらわれた着衣と、新しい人形。そのことが調査によって判明することを、静恵らは恐れた。たかが人形一体のことならば、人の命まで奪う必要はない。だが、火村家の二つの土蔵に収納された収集品は、そのほとんどが御守り様と同じ運命をたどっていた。静恵の共犯者——東京の骨董《こっとう》商の手によって、複製品と呼ぶのもおぞましいほどのがらくたと、すり替えられていたのである。彼らが恐れたのは、人形のすり替えが発覚し、他の収集品にまで調査が及ぶことだった。

「まさに……人形に災い降りかかるときは、改むるべしだな」

「そこまで、昔の人は予測していたのでしょうか」

「だとすれば、収集品の価値をよく知っていたことになるね。もしかしたら相当にあくどい手段で手に入れなければならないほどの逸品ぞろいであったか」

「それにしても、火村氏は……」

「うん、やりきれないねえ。人形殺しのカムフラージュにされてしまうなんて。本来ならば憑代・形代《かたしろ》として人形は人の災難を背負うものなのに」

「まさに憑代の変換、ですか」

「まさか彼自身が人形の代わりになってしまうなんて」

「内藤さんの五行説も、興味深かったですよ」

「勘弁してほしいなあ。たしかにあのときは、すばらしい仮説だと思ったんだが」

「探偵小説でも、仕上げてみたら」

「探偵小説とは、また古い言いぐさだ」

二人の間に「いいじゃないか」と割って入ったのは、蓮丈那智だった。

「珈琲《コーヒー》を」と、由美子が立ち上がった。

「ところで、先生、一つお聞きしたいことがあるのですが」

「手短に頼む。論文の締め切りが近いんだ」

那智が、内藤を火村家へとフィールドワークに差し向けた理由は、充分に理解できる。例の肖像写真事件をきっかけに、憑代に関する考察をまとめさせようとしたのだろう。サンプルは多ければ多い程良いし、那智自身、御守り様人形に興味を抱いていたかもしれない。結果として陰惨な事件に巻き込まれたことも、まあ仕方がなかったと納得しよう。

「でもですねえ、どうしても気になるんです」

「なにが」

「ぼくは先生の頭脳を尊敬しています。いや崇拝しています。それにしても」

内藤は疑問を口にした。

いくらなんでも、事件解決が早すぎたのではないか。快刀乱麻を断つという言葉は知っているが、今回の那智の活躍はあまりに鮮やかすぎた。

由美子の淹《い》れた珈琲をひと口すすり、那智が煙草に火をつけた。

「そうだねえ。たしかに君のいうとおりだ」

「まるで、予行演習でもしてきたように思えましたよ」

「予行演習はよかったな。だが、それが当たっているから、時として君の直感力には舌を巻くわけだが」

「当たっていましたか」

「実はね、君を火村家にやったのは、このキャンパスを少しの間離れていてほしかったからなんだよ」

「どうしてですか」

「例の写真だ。あれを憑代と考え、さらにひとかたにまで発展させた、と仮定しよう。では、どうして内藤三國でなければならなかったのか」

「……ですよねえ」

「わからないかな。憑代の変換だよ」

「もしかしたら、ぼくは先生の代用品ですか。いつも近くにいるから」

でも、どうしてそんなことを、と疑問を口にした。

白明→薄命という言語の変換を経て、ある種の《呪《のろ》い》を那智に向けてかけることは充分に考えられる。すなわち白明館の前で撮影された那智の写真を手に入れ、「那智薄命」の呪言《じゅごん》を、常に抱いていればよいのだから。あるいは内藤の写真がたどったように、ときに水没刑を科せられ、ときに百舌《もず》の速贄《はやにえ》にされることもあるかもしれない。つまり憑代・ひとかたに代理の罰を与えることで、現実の那智に呪いをかける手法は、決して珍しいものではない。典型例が《丑《うし》の刻《とき》参り》である。呪いが実現し、本当に那智が薄命の運命をたどったとすれば、当然のことながら試験は代理レポートで間に合わされるであろうし、卒業論文もまた然《しか》り、である。それを気に病むほどの正義感を持ち合わせるなら、はなっからこんな《ゲーム》には参加しないだろう。そう、これはある種のゲームでしかない。

「つまり、ぼくの写真よりは那智先生の写真の方が遥《はる》かに有効なわけで」

「そりゃあ、いうまでもないさ」

那智が煙草の先を、由美子に向けた。なにか意見は、と問うている。

「たぶん、呪いの倍返しを防ぐためでしょうか」

「面白いね、続けて」

「呪いの絶対条件は、かけた相手が呪いよりも劣っていることです。呪いに勝る力を相手が持っていると、今度はかけ手に倍返しされるといいますから」

「ひどいなあ」と、内藤はぼやいた。

要するに、那智では倍返しされるおそれがある。ならば憑代の代理として内藤に恨みをかけてやれ、ということになったらしい。

「そんなバイパスを経由するような呪いで、いいんですかね」

まあ、ゲーム感覚ですからね、と続けると、とたんに那智の眉間《みけん》に深い皺《しわ》が刻まれた。

「そう。ゲーム感覚ならばよかったんだ。わたしがミクニを火村家にやることもなかったろう。だがね、ときにゲーム感覚は仮想の現実から飛び出そうとするものだよ。自らの存在の居場所を忘れて」

「どういうことですか」

「わたしに呪いをかけるのは恐ろしい。だから呪いの代理として、近い場所にいる君が選ばれた。さあ、呪いだ。水車に貼りつけて水死刑。枝に突き刺し串刺《くしざ》し刑。車にひかれた写真もあるかもしれない。破り捨てられた内藤三國も一人や二人ではきかないはずだ」

那智の一人語りに、室内の温度がしんと、下がった気がした。

数々の内藤殺しがエスカレートしたらどうなるだろう。

どうせここまでやったのなら、内藤三國には現実の不幸を味わってもらわねば。

「そうしてはじめて、呪いが成就すると考える輩《やから》が現われる気がしてね」

「そんな馬鹿な！」

「うん、馬鹿な連中だと思うよ」

「って、まさか本当に？」

「学内に置いてあるだろう、君の軽自動車。車体の下に潜り込んでブレーキオイルに細工しようとしている学生がいたよ」

それから、と那智はいくつかのパチンコ玉を取り出し、デスクに転がした。

「階段に置いてあった。この研究棟でだれよりも早く出勤するのが君であることは、有名だからね」

もちろん、と那智はいった。

「どちらの学生もとっつかまえて、これ以上の悪さは許さないと釘《くぎ》を刺しておいたが」

「なるほど、それが予行演習ですか」

内藤は感謝の意を込めたつもりで熱い視線を送ったが、那智は軽く肩をすくめてすっと背を向けたのみだった。

湖底祀
みなそこのまつり

湖底に神社跡？　水中調査始まる

Ｆ県火原《ひばら》郡栄村の南西部にある円湖《つぶらこ》湖底に、江戸時代初期の神社跡が存在する可能性のあることが、民間の研究者によって判明した。同村中津川神社に保存される古文書から、このことを指摘したのは、役場総務課に勤務する林崎健介氏（三十一歳）で、氏は郷土史研究家としても知られる。円湖は元和《げんな》二年の大地震による水脈異変によって誕生した湖で、別名を鏡湖とも呼ばれている。現在はバスフィッシングを楽しむ釣り客が多く訪れることでも知られており、同村観光課では新たな観光の目玉として、水中調査の成り行きに期待を寄せている。

（一月二十日付・常磐日報紙より抜粋）

1

静かである。

世界が音を失ったとすればかくやと思われるほどの静寂に、内藤三國《ないとうみくに》は意識を浮遊させていた。昨年の十二月、研究室の主《あるじ》である蓮丈那智《れんじょうなち》が私費を投じて購入したマッサージチェアに身をゆだねると、その絶妙の揉《も》み心地に「ゔぁー、うーゔー」と意味不明の言語が我知らずのうちに漏れる。

——これはいいな。実に……いい。

二晩にわたる徹夜作業を終えたばかりの内藤は、そのまま深い眠りに陥ろうとしていた。

那智は東北のさる私立大学に招聘《しょうへい》され、三日間の予定で講演旅行に出かけている。同じ研究室の佐江由美子《さえゆみこ》助手は北陸へフィールドワーク。ただひとり研究室に残る内藤には、期末レポートの下読みが言い渡されていた。その数四十三人分。ひとり三十〜五十枚のレポートを読み終えるのにまる六十時間かかった。レポートのテーマは、

『器物としての鳥居の起源』

鳥居はその形状から、神社という神域へのある種の門と考えることができる。そのことを踏まえ、神々（マレビト）の住む常世《とこよ》と常民の住む人里との境界を示す器物であるといってよい。だが、とテーマを与える際に那智は語った。

江戸時代の儒学者林羅山《らざん》は、著書の中で鳥居の機能について、これはそこに神域が存在することを道行く人々に知らしめ、畏怖《いふ》の念を植えつけるために存在すると述べている。ゆめゆめこの地を疎《おろそ》かにしてはならぬ、狼藉《ろうぜき》を働いてはならぬという、教えそのものである、と。すなわち鳥居とは記号であり、標識であるという説だ。記号ならばその起源はどこにあるのか。なぜ鳥居は「鳥の居るところ」でなければならないのか。この場合の「鳥」という言葉から読みとれる寓意《ぐうい》など、さまざまな視点からフィールドワークを行い、レポートとして提出せよ。四百字詰め原稿用紙換算で五十枚以内。提出は電子メールで。テキストファイルにして、メールに添付すること。

那智が与えたテーマに挑んだレポートのうち、A評価《ランク》に相当する学生は六人。B評価二十人。C評価八人。

——ということは……。

九人の学生が那智の講義で不可評定を受けることになる。といってもあくまでも内藤の評価であるから、下読み結果を踏まえたうえでの那智の評価はさらに厳しくなることだろう。あるいは内藤評価のCランク全員に、那智は不可を与えるやもしれない。C・不可合わせて十七人の学生の中には、卒業予定者が七人ほどいる。場合によっては七人の学生が、卒業予定のまま、今年も学生生活の継続を余儀なくされるのだが、那智はそうしたことにまったく頓着《とんちゃく》しない。その胸に秘められた氷の刃《やいば》が、温情によって溶かされることは絶対にあり得ない。

彼らの不幸を憂えるよりも、内藤は自らに課せられた使命を全《まっと》うした歓《よろこ》びに浸り、ひたすらに惰眠を貪《むさぼ》った。眠りはあまりに深く、それがほんのひとときであったのかあるいは数時間に及ぶものであったのか、内藤にはわからない。微《かす》かに残る意識がいつの間にか蓮丈那智の姿を捉《とら》え、夢うつつのうちに彼女に向かって、

「先生、内藤はもう読めません」

そうつぶやいたところで、目が覚めた。

「君は円谷幸吉《つぶらやこうきち》か」

「はい？」

円谷幸吉などというとてつもなく古い人名を口にした声の主が、那智であるはずがない。それともマッサージチェアで眠り込んだまま、自分は数日を過ごしていたのかと、未《いま》だ完全にはさめやらぬ頭で、内藤はふと思った。腕時計のデジタル表示で、どうやら十二時間ばかり過ぎたことを確認し、声の主を振り返って安堵《あんど》した。

「なんだ、あなたでしたか」

「なんだじゃないぞ」

声の主、教務部主任の狐目《きつねめ》担当者が、あきれた声でいった。

「ああっと、那智先生は講演旅行中ですが」

「そんなことは知っている。彼女の行動予定表を教務部に届けたのは、君だろう」

「そうでした。旅費の仮払いを受け取ったのもぼくです」

ではどうしてあなたがここに、と問うと、それには応《こた》えずに狐目が、デスクのコンピュータを指さした。メールチェッカーのインジケーターが点滅しているのが目に入った。点滅の回数から四通以上のメールが届いていることがわかる。

「すべて蓮丈先生からだ」

「ひぇっ！」

あわててコンピュータを立ち上げ、通信ソフトを開いた。

「先ほど教務部に電話があった。十五時間以上もメールが不通になるようでは、留守役を置いている意味がない、とね」

「ああああああ、あのですね」

二晩も徹夜をしたおかげでといおうとする前に、コンピュータの画面がメールを表示した。全部で五通。一通目には添付ファイルが貼りつけてあった。メールそのものの文面はきわめて短い。

『内藤君。添付ファイルの中身を検討のこと。那智』

「先生、これは……」

添付ファイルは地方紙のコピーだった。湖の底に神社の遺跡が沈んでいる可能性がある、と書かれていた。

二通目から四通目までの文面はすべて同じである。

『内藤君。至急連絡乞《こ》う。那智』

五通目。

『二月三日。F県火原郡《ひはらぐん》栄村。民宿美村《みむら》。午後三時。蓮丈那智』

一切の助詞を省いた文面が内藤をして心胆寒《しんたんさむ》からしめた。「那智」ではなくフルネームの「蓮丈那智」の署名が、画面の向こう側から「ミクニ」と囁《ささや》くのがはっきりと聞こえた。

「きょ、今日は何日ですか。ああそうだ、二月二日だ。よかった、まだ間に合う」

「なにをあわてているんだ」

「那智先生からのお呼びです。ぼくは行かねばなりません」

そういうと、狐目は大きくため息をついた。「経理には掛け合っておく。あとで教務部まで旅費を取りに来るように」とだけいって踵《きびす》を返すその背中に後光を見た気がして、内藤はごく自然な気持ちと成り行きで両手を合わせていた。

那智エマージェンシーコール。

栄村に呼び出されたのは、内藤ひとりではなかった。民宿「美村」を探し当て、指定時間の午後三時よりも一時間ばかり早く訪問すると、玄関を入ってすぐのテーブルに、佐江由美子の姿を見いだすことができた。

「佐江さんも、やはり」

「ええ一昨日《おととい》、モバイルコンピュータにメールが」

「まったく人騒がせなんだからなあ、那智先生ってば」

「那智先生が人騒がせなんじゃなくて、人騒がせだからこそ那智先生なんです」

違いますかと、佐江由美子が笑う。「そういう悪《あ》しき理解があの人をますます増長させるんです」と、口にしたとたん、背後から投げかけられた、

「だれが増長しているって」

冷たい怒気を含んだ声の主は、何人《なんぴと》かと問う必要のない蓮丈那智であった。ごく短いフレーズが、内藤の脳細胞を完全にフリーズさせた。

いったいなにがあったのですか。メールに添付されていた新聞記事のコピーが関係しているのでしょうか。地震によって誕生した湖の底に、神社らしい遺跡があるとの

ことでしたが。それよりも講演会はどうなったのですか。たしか今日も予定に入っていたはずですが。

佐江由美子の言葉が、異国の言語のように耳に届いた。ああそれからレポートの件だがという、那智の言葉もまた然《しか》り、であった。

「ミ・ク・ニ」

独特の響きをもつ一言が、ようやく脳細胞の再起動ボタンを押してくれたようだ。

「はっ、はい。昨日、先生のノートパソコンに添付ファイルで送っておきましたが」

「うん。昨夜のうちにすべて目を通しておいた」

「すべて、ですか。四十三人分ですよ」

「助手の下読みがよかったからね。三時間ほどで作業は終了した」

ありがとうございますという言葉と共に、我ながら情けないほどだらしのない笑みが浮かぶのを、内藤は抑えることができなかった。

「評価について……だが……」

「いかがでしたか」

「C評価から二人、ランクダウンさせてもらうよ。あとは君の評価どおりでかまわないと思う」

「ははあ、落第ですか」

内藤の頭の中に、二人の学生の名前が浮かんだ。評価の際、「少し弱いかな」と感じつつも、C評価を与えた学生である。果たしてその名前を口にすると、「わかっているなら、甘い評価をつけるんじゃない」と、一蹴《いっしゅう》された。

「けれど、ひとりの方はなかなかユニークで面白いと思ったのですがね」

「ああ、三柱《みはしら》鳥居についてのレポートだね」

いくつかの文献によると、鳥居には六十種類あまりのバリエーションがあるという。系統としては神明《しんめい》系・島木《しまぎ》神明《しんめい》系・明神《みょうじん》系・三輪系・合掌系などがあり、それぞれ数種類ずつのバリエーションを有している。中でも特異な形態を持っているのが、京都木嶋《このしま》神社に現存する三本の柱をもつ鳥居、三柱鳥居である。三本の柱で三角形の空間を作り上げるこの鳥居には、門としての機能が備わっていない。すなわち三つの入り口はどこにも通じることがなく、どこから入っても人は閉鎖空間にぶつかるのみである。そこに着眼した学生は、この鳥居を上から見ると正三角形に見えることから、キリスト教でいうところの「三位一体の教え」を具現化していると、レポートに書き記している。

「いつだったか、同じようなことを述べた男がいたね」

「そうでした、あれはたしか」

山口県の某村で遭遇した事件を、内藤は思い出した。フランシスコ・ザビエル以前に日本にキリスト教を伝道した一族がいたという説の傍証として、同じ鳥居のことを、その男は述べたのである。

「結局は、興味本位の世迷《よま》い言《ごと》でしかない」

「そういえば」と、内藤は年末に見たバラエティ番組を思い出した。やはり三柱鳥居のことを扱い、同じ結論にたどり着いたのではなかったか。してみると、学生が書いたレポートも、ネタの出所はそのあたりかもしれない。そう思うと、読んだ当初はユニークだと思ったレポートの印象が急に色褪《いろあ》せるのを感じた。

「あの」と、佐江由美子が話に割って入った。

「そうだ、君たちを呼んだ件についてだが」

そういいながら那智が取り出したのは、栄村一帯の二万五千分の一の地図だった。栄村は周囲を山に取り囲まれた盆地である。円湖《つぶらこ》は村の南西、もっとも山よりの場所に緩やかに延びる等高線に沿う形で、北から西へと広がっている。那智の華奢《きやしや》な人差し指がある一点をさすと、最初に疑問を口にしたのは、佐江由美子だった。

「円湖というから、てっきり円形の湖だとばかり」

「そうだね。どちらかといえば細長いと表現すべき形状だ」

「だとすると周辺の地名か……あるいは土地に関わりのある人名、伝承による命名でしょうか」

「問題はそこなんだ」

と、那智が細い眉《まゆ》を顰《ひそ》めた。だがそれは決して不愉快といった表情ではなく、むしろ難解なパズルに挑む際の不敵な笑顔にも似ていた。

2

そもそも鳥居とはなにか。鳥居は神社の付属物にすぎないのであろうか。

「どうしてまた、そんなことを思いついたんですか」

内藤の問いに、那智は手元のグラスを口に運びながら、

「最初は、御柱《おんばしら》の映像を見ているうちに、まったく違う部分での発想が生まれた」

「御柱というと、あの諏訪《すわ》大社の、ですか」

「ああ、六年に一度の奇祭。御柱祭《おんばしらさい》だよ」

長野県諏訪市・茅野《ちの》市・諏訪郡にそれぞれ上社《かみしや》と下社《しもしや》がある諏訪大社の祭神は、建《たけ》御《み》名方神《なかたのかみ》とその后《きさき》・八坂刀売《やさかとめ》である。武人の守護神として名高いせいか、御柱祭もまた勇壮で荒々しいことで知られる。

「ことに祭りの白眉《はくび》でもある、巨大な樅《もみ》の木柱を山の急斜面から引きずり降ろす神事では、怪我人は当たり前だそうですね」

「ときには、死人も出るらしい」

その映像を見ながら那智は考えたという。

怪我人が出るのが当たり前、ときには死人も出るという祭り。裏を返せば、これは怪我人や死人を生み出すための祭りではないのか。

神への供物《くもつ》。繁栄と生命の交換儀礼。こうした事例は、民俗学上では決して珍しいケースではない。

「つまりは……贄《にえ》、ということですね。ご神体の象徴でもある御柱《おんばしら》を、運ぶという行為にカムフラージュして贄を捧《ささ》げていた、と」

「山から引き下ろされた木柱は、上社《かみしゃ》・下社《しもしゃ》のそれぞれの境内の四隅に立てられるんだ」

「ちょうど聖域たる場所を取り囲むように、ですか」

「無論、上社にも下社にも鳥居はある。だから、一般的には御柱は神と交わした証文のようなものと考えるべきなんだ」

そうなんだが、と那智は繰り返し、バッグから二本のステンレスボトルを取り出した。それぞれの中身をグラスに注ぎ、指で氷をはじくようにかき回した。タンカレーのマラッカジンと辛口のベルモット。あたりに華やかな香気が飛び散った。

「そのことが気になっていたから、例のレポートのテーマを鳥居にしたのですか」

「ヒントの欠片《かけら》くらいは見つかるか、と思ったが」

そこまで聞かされても、内藤には那智の思考の足跡をたどることはできなかった。

主客の逆転。

グラスにつけられた那智の唇が、そう動いたような気がしたが、定かではない。佐江由美子を見ると、小さく首を横に振るばかりで、やはり那智の考えがわからないらしい。民俗学という学問について、那智がときおり口にする言葉がある。一見無秩序に並べられた事象の中から連結に必要なキーワード、あるいは記号を探り当てることができるか否か。フィールドワークのすべてはそこに奉仕されるべきである、と。

「そんなときだった。講演旅行の最中に、円湖《つぶらこ》のことを知った」

「全国紙には、ほとんど取り扱われていませんでしたね」

「まだ、確定したわけではないからね」

「でも、なんだか美しい」といったのは、佐江由美子だった。

内藤は相づちを打った。

「湖底の神社跡ですか……」

円湖が誕生したのは元和《げんな》二年というから、西暦でいえば一六一六年。四百年近く前に発生した地震によって、それまで表に出なかった地下水脈が一気に噴き上がり、やがて湖を作ったといわれている。今も湖北端の水脈からは水が噴き出しており、湖の西端より龍尾川《りゅうびがわ》となって里に注がれている。自然な形で水の入れ替えが行われているせいか水質はよく、川魚の宝庫とも呼ばれている。けれど、と内藤は思った。

　那智が興味を示しているのは、鳥居の起源とその役割ではないのか。湖底に沈んだ神社があるとして、そこに鳥居の痕跡《こんせき》があったところでなんの不思議もない代わりに、那智の求めるキーワードがあるとも思えなかった。そのことを問うと、

「興味を持ったのは、これなんだ」

　那智は、バッグから一枚の紙を取り出した。どうやらインターネット上の情報をプリントアウトしたものらしい。

「栄村役場のホームページに記載されていた」

「もしかしたら、神社のことを提唱した人の」

「林崎健介氏のコメントが、ひどくユニークでね」

　異端の民俗学者の興趣《きょうしゅ》をそそるくらいですからさぞかし、といおうとした内藤の耳元に「ミクニ」と、囁《ささや》く声が吹き込まれた。

「はい。すぐに読ませていただきます」

　量的に多いものではなかったから、内藤は五分ほどで内容をすべて把握した。「んな、馬鹿な」と、佐江由美子に紙をまわすと、彼女の口からもほぼ同じ言葉が吐き出

された。

「これじゃア、まるで言葉遊びじゃありませんか」

「ふうん、佐江君もミクニと同じ意見なんだ」

「だって、先生」

佐江由美子の言葉の続きを指で制し、那智は「短慮はいけない」と一言いった。

円湖《つぶらこ》はなぜ円湖なのか。その西端から流れ出す川が龍尾川であることを考えれば、「龍神湖」あるいは「龍之湖《たつのこ》」とでも名づけられてしかるべきではなかったか。だが四百年前、地震によって誕生した湖を前にして人々はなぜか「円湖」の名称を与えた。

そのことについて林崎健介はこう読者に問いかけている。

鳥居を思い浮かべて欲しい。

鳥居の構造はそのバリエーションによって異なるものの、二本の柱と一本もしくは二本の横木（笠木《かさぎ》・島木《しまぎ》・貫《ぬき》などという）、そして額束《がくづか》によって構成されている。島木や額束の有無はあるものの、もっとも一般的な鳥居といえば、人は二本の柱と二本の横木、そして額束によって構成されたものを想像するにちがいない。さて、そこで円湖である。突然噴き出した水脈によって湖は誕生した。ということはこのあたりがかかつてかなりの窪地《くぼち》であったことを示している。ご承知のとおり、周囲を山で囲まれ、平地らしい平地が少ない栄村では、窪地といえどもなんらかの家屋もしくは施設が建造されていたことは想像に難くない。わたしはそこには神社があったはずだと推測する。なぜか。人々は見たはずである、突如誕生した湖の中に、破損しながらもまだ倒壊には至らない一基の鳥居を。横木の一部は破損し、もしかしたら相当に傾《かし》いでいたかもしれない。その姿に人々はなにを想像したであろうか。横木の一部破損した鳥居。それはまさに漢字の「円」という文字ではなかったか。

無論、ただの鳥居ではなかっただろう。この地よりさほど遠くない山形県には、「最上《もがみ》の三鳥居」と呼ばれる、日本最古の石鳥居が今も残されている。わたしが想像するに、湖底からのぞく鳥居もまた、それに匹敵する石鳥居ではなかったか。しかし時の移ろいと共に石鳥居は崩壊し、湖底に完全水没してしまった。あとには「円湖」という、かつての鳥居の存在を裏づける名称が残ったのである。

林崎のコメントはそう締めくくられている。

「壊れかけた鳥居が漢字の《円》に見えたですって。だから円湖という名称が付けられたただなんて、あまりにばかばかしい駄洒落《だじゃれ》じゃないですか」

内藤は、激しい口調に自ら驚きながらも、吐き捨てるようにいった。さすがに「笑点じゃないんですから」という言葉は、唇の外に出すことはなかったが。

「あの……わたしもあまりにこじつけがひどいと思います」

「そうでしょう、佐江さん。こんなことで湖底調査を始めたんですか」

「どうやら、林崎健介氏は村長と深いつながりのある御仁《ごじん》らしいね」

と、那智が唇にうっすらと笑みを浮かべていった。

「御仁って……そんなことで村の予算を使っちまうんですか」

だから地方財政は苦しくなるばかりなんですと、お門違いの不満まで口にした内藤に、那智が「じゃあ、次にこれを」と、紙をもう一枚取り出した。その表情が悪魔の使いもしくはご本人に見えて、背筋をうそ寒い予感が滑っていった。

――あっ、また性格の悪いことを。

「ホームページの最新版ですね……って、嘘!!」

回し読みした佐江由美子が「信じられない」と、つぶやいたきり絶句した。

湖底より大規模な石鳥居発見。形状からいって、江戸時代よりも古いことは確実。

「本当にあったんですか」

「かなり精密な水中カメラで湖底を探ったところ、映像にはっきりと映っていたようだね」

「不可思議というか、なんというか」

「果たしてそうだろうか。命名という行為についていえば、その方法論はさまざまだ。地名に由来するもの、人名、故事来歴、名称を構成する要素はそれこそ無限だ。崩壊しかけた鳥居が《円》という文字に見えたから、円湖《つぶらこ》と命名した。ごく自然じゃないか」

君たち二人は、林崎健介氏の仮説をばかばかしいと端《はな》から決めつけたからこそ、こうして鳥居発見のニュースに驚いただけだ。鳥居発見のニュースをまず取り入れ、そこから円湖命名の謎に取りかかれば、民俗学上、なんら不思議なことはなかったはずだ。

そういわれてしまうと、内藤にも佐江由美子にも反論の余地はなかった。

「やはり……林崎氏の卓抜した想像力の結果でしょうねえ」

内藤の問いに答えることなく、那智は新たなジンとベルモットをグラスに注いだ。

「いくらなんでもできすぎだ」

「へっ？」

「鳥居が漢字に見えた……か。それを読みとるのは想像力じゃない。ただの見聞だよ」

「どういうことですか」

「さあ……ねえ」

グラスに唇を当てたまま動かなくなった蓮丈那智は、なぜだか弥勒菩薩《みろくぼさつ》像を思わせた。

その夜。内藤の部屋のドアが、ノックされた。時計を見ると午後八時を回っている。ノックの軽やかさと時間から佐江由美子であろうと瞬間的に思った。果たして「よろしいですか」とドア越しに響くのは、紛れもない彼女の声だった。これが那智であればノックなどという他人行儀なことはまずしない。「いるね」と声がかかると同時に、ドアは無遠慮に開けられることだろう。

どうぞ開いていますよと声を掛けると、すぐにトレーナー姿の佐江由美子が、小型のバッグを手に入ってきた。

「佐江さんも大変でしたね。北陸一帯のフィールドワークの最中だったのでしょう」

「すっかり慣れました」

「それを幸福と思ってはいけません。異端の学者への第一歩、破滅と転落へ続く道のりの第一楽章だと思わねば」

「そういっているわりに、内藤さん、どこか楽しそうですよ」

部屋の備品で湯を沸かし、インスタントの珈琲《コーヒー》を淹《い》れてくれたのは由美子だった。ついでこれも、と由美子がバッグから小瓶を取り出した。

アイリッシュウィスキー。ラベルにそう書いてある。

「よくないですね。実によくない兆候だ。完全に那智先生の影響を受けている」

「お嫌いですか」

「いや、そうではないけれど」

では、と佐江由美子は二つの珈琲カップに半分ずつ、小瓶の中身を空けた。どうやら安物ではないらしい。珈琲に混じった刹那《せつな》から、芳醇《ほうじゅん》としかいいようのない香りが広がった。

「ところで、今回の一件ですが」

「湖底の神社跡?」

「ちがいます。那智先生のこだわりというか、鳥居に関する考察についてというか」

「深く考えない方がいいですよ。あの人の脳細胞の働き具合については、だれも理解できません。ついてもゆけません」

「そうでしょうか」

実はこんなモノを見つけました、と佐江由美子がバッグから紙の束を取り出した。

死満瓊《しのみつるたま》
触身仏《しょくしんぶつ》
ファイルの先頭に記されたタイトルを見て、内藤は危うく珈琲を吹きだしそうになった。いずれも内藤と那智が関わったフィールドワークのファイルである。

――しかもこれって……！

奇妙な事件に関わったあげく、表に出すことのできなくなった案件の、いわば裏ファイルである。

「いったいどこで、それを！」

「那智先生にいわれたんです。ハードディスク内にあるファイルを整理しておいてくれと。そしたらこれが」

「で、見たのですか」

「隅から隅まで、しっかりと」

「どうしてこんなものを保存しておくかなあ」

「お二人とも、トラブルを吸い寄せる特異な磁場をお持ちなんですね」

「お二人じゃありません。ぼくは関係ないんです。先生が一方的にトラブルを招き寄せ、ぼくを巻き込んでいるだけです」

内藤は語気を強めた。

「死満瓊《しのみつるたま》」と題されたのは、三種の神器にまつわる事件についてのファイル。「触身仏《しょくしんぶつ》」は塞《さえ》の神と菊理媛神《くくりひめのかみ》の関係について調べているうちに、巻き込まれた事件の顛末《てんまつ》が記されている。天皇家の象徴である三種の神器の正体はなんであったか。全国に二千あるとも三千あるともいわれる白山神社の祭神、菊理媛神とはどのような機能を持った神であったか。そして、道祖神の原型ともいわれる塞の神との関係は。こうした案件について、那智はまったく新しい、ユニークな説を打ち出している。ただしユニークすぎる点と、生々しい現実の事件とが絡み合っているがために発表の機会と場を失い、裏ファイルにしまい込むしかなかった案件である。

「言い訳をするつもりはありませんが、いつもいつも事件に巻き込まれているわけじゃないのですよ。あくまでも稀《まれ》な例でして」

「そんなことじゃありません」

そういって佐江由美子は、それぞれのファイルの末尾を指した。

補足事項だろう。書体を変えて、ファイルの末尾に付け加えられた資料があった。

死満瓊には、「日本書紀巻第二　神代《かみよ》下第十段より」として、

『～忽《たちまち》に海神《わたつみ》の宮に至りたまふ。其《そ》の宮は雉堞（たかがきひめがき）整頓《ととのへそなは》りて、台《たかどの》宇《や》玲瓏《てりかかや》けり。門《かど》の前に一《ひとつ》の井《ゐ》有り。井の上《ほとり》に一《ひとつ》の湯津杜樹（ゆつかつらのき）有り。～時に彦火火出見尊（ひこほほでみのみこと）、其の樹の下に就きて、徙倚《よろほ》ひ彷徨《たたず》みたまふ。良《やや》久しくして一《ひとり》の美人《をとめ》有りて、闥《とびら》を排《おしひら》きて出づ。遂《つひ》に玉鋺《たまのまり》を以て、来《きた》りて当《まさ》に水を汲《く》まむとす。因《よ》りて挙目《あふ》ぎて視《みそなは》す。乃《すなは》ち驚きて還り入りて、其の父母《かぞいろは》に白《まう》して曰《まう》さく「一《ひとり》の希客者《めづらしきひとま》有します～」とまうす』

とあった。湯津杜《ゆつかつら》とは、日本に自生している桂の木のことらしいが、不明である。

佐江由美子の「これは」との問いに、内藤は、

「海幸彦《うみさちひこ》・山幸彦《やまさちひこ》の伝承はご存じですか」

と逆に問い返した。由美子が頷《うなず》くと、

「この資料に登場する彦火火出見尊《ひこほほでみのみこと》とは、山幸彦のことです。兄である海幸彦から借りた針をなくした山幸彦は、海神が統治する海底まで針を探しに出かけます。そこで出会ったのが海神の娘・豊玉姫です」

「じゃあ、この資料は」

「二人が出会ったシーンですよ」

那智が海神の統治する国すなわち朝鮮半島の某国であると推理し、その上で海幸彦・山幸彦の伝説が、ある意味での民族統一譚《たん》であることは、死満瓊の中に述べてある。

「でも、どうしてこんな資料を補足しておいたのだろうか」

「もしかしたら別の意味があるのかもしれませんね」

「別の寓意《ぐうい》ということだろうか」

「地上の国と海底の国。マレビトの住む常世《とこよ》は、海上はるかに横たわり、富と齢《よわい》との

源泉であると同時に、罪と掟《おきて》の根拠地でもある。というのは」

「うん。折口信夫《おりくちしのぶ》だね」

佐江由美子はこうもいった。海幸彦・山幸彦の伝承には、マレビトとの遭遇譚《そうぐうたん》の意味も含まれているのではないか、と。

「だって」と、次の資料を由美子は指した。

触身仏には、「日本書紀巻第一　神代上第五段より」として、

『～是《そ》の時に、雷《いかづちども》等皆起《た》ちて追ひ来る。時に、道の辺《ほとり》に大きなる桃の樹有り。故《かれ》、伊奘諾尊《いざなきのみこと》、其の樹の下に隠れて、因《よ》りて其の実を採りて、雷に擲《な》げしかば、雷等、皆退走《しりぞ》きぬ。此《これ》桃を用《も》て鬼を避《ふせ》く縁《ことのもと》なり。時に伊奘諾尊、乃ち其の杖《みつゑ》を投《なげう》て曰《のたま》はく、「此より以還《このかた》、雷敢来《えこ》じ」とのたまふ。是を岐神（ふなとのかみ）と謂《まう》す。此、本の号《な》は来名戸祖神（くなとのさへのかみ）と曰《まう》す』

とある。

補足資料を読み込んだ内藤は、自らの脳細胞の中でようやく那智と同じ種類の思考が発酵を始めた、そんな気がした。

「どうしたんですか、内藤さん」

「もう少し……なんだが」

「なにがもう少しなんですか」

「湯津杜樹《ゆつかつらのき》、それに伊弉諾尊《いざなきのみこと》の投げた杖《つえ》……マレビトとの遭遇……それが」

最後のキーワードが、閃光《せんこう》の鮮やかさと快感を伴って内藤の中を駆け抜けた。

――すなわち塞の神！

「柱は塞の神の原点だったんだ」

けれど、と内藤は思った。

那智はこの地でなにを探し出そうとしているのか。なにを求めようとしているのか。

諏訪大社の御柱祭《おんばしらさい》を見て、どんなインスピレーションを得たのか。

御柱が塞の神としての柱に関係していることはたしかだろう。

――マレビトとの接触点……生産性と繁栄の交換儀礼。

「それならば……」と思考を続けていると、

「内藤さん、一つだけ」と、佐江由美子が言葉を挟んだ。

実は、内藤が部屋に戻ったあと、那智が奇妙な言葉をつぶやいたという。自らへの問いかけだったのか、それとも由美子に語りかけたのか、よくわからない口調だったという。

「先生、こういったんですよ」

「なんと？」

「円湖湖底からは、もうなにも発見されないかもしれない、と」

「どういう意味だろう。まったく、手の内を最後まで見せようとしないんだから」

愚痴っぽくいってみたものの、二人がその意味を知ったのは、二日後のことだった。

3

那智が栄村から消えた。「あとはよろしく頼む」と、シンプルかつ意識が遠くなりそうなメモ用紙をただ一枚、内藤と佐江由美子に残したまま、異端の民俗学者は村から忽然《こつぜん》と消えてしまったのである。

「あとはよろしくといわれても」と、内藤も由美子もただ、首を傾げるしかなかった。那智がこの地で求めたものの正体は、まだよくわかってはいない。なによりも、どうして自分や由美子がこの地に呼ばれたのか、内藤には理解できていなかったし、由美子もまた同じ言葉を口にした。

「なにを考えているんだか」

「今の状況では、わたしたちも引き上げた方がよいかもしれませんね」

だが、そうはいかなかったのである。民宿の主人が「よろしいでしょうか」と部屋へやってきたのは、二人が帰り支度を始めてまもなくだった。

「あの、蓮丈先生は」

「あっ、いや……今はちょっと。それよりも宿賃の精算をお願いします。我々は引き上げますから」

「ああ、それは大丈夫です。充分すぎる額の前金で、おふたかたの分までいただいておりますから」

「そうなんですか」

「実は、村役場の林崎さんがお見えになっているのですが……」

主人の言葉が終わる前に、地団駄を踏むがごとき大音声《だいおんじょう》の足音と共に、音に似つかわしい恰幅《かっぷく》のよい男が部屋へと乱入してきた。内藤の姿を認めるや、近づいてきていきなり首根っこを締め上げようとするのに慌てた主人がようやく押しとどめるや、どなり声が響き渡った。

「蓮丈那智とかいう、ふざけた学者はお前か」

「違います。ぼくは那智先生ではありません。助手の内藤です」

負けじと大きく声を張ったものの、男の野太い声に、内藤の気力はたちまち萎《な》えた。

「では聞く。蓮丈那智は、どこだ」

「それは……その」

「隠し立てするとためにならんぞ」

「隠すもなにも、ぼくはなにも」

知らないといった刹那《せつな》に、林崎の感情が爆発した、らしい。内藤がわずかに覚えているのは男のものすごい形相と、頬のすぐ近くに感じた突風のごとき風圧。その後に衝撃が訪れた気もするが、確かではない。なぜなら、意識は瞬間的に途切れ、あとはねっとりと深い闇を感じるばかりであったからだ。

どれほど時間の観念から遠ざかっていたか定かではない。が、どことなく朝焼けの光めいたものを瞼《まぶた》の裏側に感じ、ああ自分は生きている、などと感慨深く思っていると、同時に「大丈夫ですか」との天使のささやきが聞こえた気がした。

――前にも同じことがあったような……。

あれはいつだったろうかと、思考を巡らせようとしたが結論は出なかった。記憶力が鈍ったわけではない。蓮丈那智という学者と関わって以来、己の身に降りかかった理不尽の大波は数知れない。それこそ浜辺に押し寄せる波の数を数えようとしても、それが不可能かつ無駄な努力であることを、内藤はよく知っている。

「大丈夫ですか」

「ああ、なんとか……生きているようです」

ここが天国ではなく、またあなたが天使でなければといおうとして、内藤は口内にずきりと痛みを感じた。「大丈夫ですか」と佐江由美子が三度同じ言葉を繰り返しながら、すまなそうにハンカチを差し出した。これでなにかを拭《ぬぐ》えという意味ではないらしい。折り畳んだハンカチを開くと、未だ血の跡も生々しい奥歯がそこにあった。内藤が自らを指さすと、由美子が小さく頷《うなず》いた。

林崎の一撃で、どうやら奥歯が折れてしまったらしい。

「ははは、まいったな。最近カルシウムが不足していたかしらん」

「早く歯医者さんに行きましょう。今ならまだ、くっつくかもしれません」

「そうですね、くっつくくっつかないよりも、この痛みをなんとかしてもらわないと」

民宿の主人にタクシーを呼んでもらい、二人は村を離れて都市部の大学病院へと向かった。その道々、由美子から聞いた話によると、ことの発端は那智の不用意な一言だったらしい。

円湖湖底遺跡のニュースがようやく中央新聞にも取り上げられることになり、東京から何人かの記者がカメラマンと共に栄村にやってきた。その中のひとりが、那智のことを見知っていたのである。気鋭の民俗学者に、コメントが求められたのは当然の成り行きだった。そこで那智は、鳥居以外の遺跡が見つかることはないだろうと、予言めいた、しかし充分に確信を感じさせる一言を発したのである。

「そりゃあ、発見者の林崎氏は激怒するな」

「だからといって、理不尽な暴力を振るうなんて」

「村としては、湖底遺跡を利用して観光資源化するつもりだったのだろうね」

湖底遺跡とロマンの村。湖底遺跡資料館。湖底遺跡遊覧ツアー。そうしたことに疎い内藤にさえも、村役場の期待は容易に想像することができる。それをすべてぶちこわすが如《ごと》き、那智の一言であったに違いない。

「異端とはいえ、那智先生は民俗学者だ。その発言にはいやでも重みが加わる」

「でも、いくら那智先生でも……」

「どうして、それほど確信めいた言葉を口にしたのか」

「ええ。ご自分で湖底に潜ったわけではないのに」

「そこに、大きな意味があるのだろう」

大学病院では歯科医の治療をまず受けた。折れてしまった歯は修復のしようがなく、神経を殺してそこに差し歯を継ぐという。歯の型取り、造形は東京で行なうことにし、とりあえず痛みのみを抑えることにした。続いて念のために脳波検査等を受けることになり、その順番を待っている間に村役場の助役を名乗る老人が、内藤のもとにやってきた。

このたびはまことにすまないことをした。林崎がやりすぎたことは謝るしかないが、どうか警察沙汰《ざた》だけは勘弁してはもらえまいか。もちろん、医療費その他は役場が責任を持って支払うからと、深々と頭を下げる助役に、内藤は承知の意味で首を縦に振った。

「ありがたい。いや、お宅の先生の発言には儂《わし》も承伏しかねるところもないではないが、それでも林崎の馬鹿のやったことは到底許されるものではない」

「湖底調査はどうなるのですか」

「うっ、うむ……それが」

「続けるのでしょう」

「…………」

助役はとぎれがちに、よくわからない、といった。

「どうしてです。いくら那智先生の発言があったからといって」

「それがなあ」

石鳥居の発見の折には、役場も大いに盛り上がったという。いくらフィッシングブームといっても、観光資源としてはいかにも乏しい。新たな財源確保を考えていた折の湖底遺跡の発見である。役場のだれもがある種の熱気を帯び、調査の行方を見守ったことはいうまでもない。ところが石鳥居の発見以来、めぼしい遺跡、遺物がまったく発見されていないのだと、助役は語った。

「水中調査というのは、めっぽう金食い虫でナ。水中カメラのレンタル料だけでも馬鹿にはならぬ」

「ああなるほど。それにダイバーの日当も安くはないし」

「音波探査の機材を積み込む船も、これまたレンタルじゃから」

役場の中には、そろそろ調査終了をいいだすものも現われているという。

「そこに那智先生の発言が加わったと」

「どうも雲行きが怪しくなってきたのですよ」

怪しくなったのは、湖底調査の雲行きばかりではない。

——どこかに歪《ゆが》みが生じている。

内藤の勘が、そう告げていた。なにがどうと説明できる種類のものではない。強《し》いていうならば、那智と過ごした日々によって育て上げられた、直感である。

「助役さん、お願いがあるのですが」

「おお、なんなりと」

「これまでの湖底調査報告書が見たいのですが」

「まだ発表段階ではないが……まあよいでしょう。明日にでも宿の方に届けさせましょう」

そういって助役は帰っていった。

翌日。湖底調査報告書をもって民宿に現われたのは、思いがけない人物であった。その姿を見るなり、内藤は胃に差し込むような痛みを感じた。

「……さん！　どうしてあなたが」

やってきたのは教務部主任の狐目担当者だった。眉《まゆ》と眉の間にくっきりと三本の縦《たて》皺《じわ》が浮かんでいる。それを視認するまでもなく、かの人物の機嫌が最悪であることは明らかだった。

「あの……ですね」

「佐江君から報告を受けたよ。ことの詳細を問い質《ただ》すために、役場に行って来た」

「とんでもないことになってしまいまして」

「相変わらずトラブル続きで、といいたいところだが、今回は君にはなんの落ち度もない。役場の助役には、警察沙汰にはしないといったそうだね」

「歯一本のことですから」

「大学としては、正式な抗議をしておく。そこから先のことは、君の判断次第だ」

「わかっています」

これは助役からだ、と狐目が書類袋を差し出した。

円湖湖底調査書。墨書きされた袋を開けると、中からB全判の湖底図が一枚と数枚の水中写真、それに二十枚ほどのレポートがあらわれた。

石鳥居が発見されたのは、湖底の北端近く。水中写真から、鳥居が林崎の初期推測通り、最上の三鳥居にきわめてよく似た形状であることがわかる。

——北端というと、水脈近く……だな。

そのときになって、内藤は図面を見つめるもう一つの視線に気がついた。眺めるといった類《たぐい》ではない、明確な意志を持った視線の主は、狐目だった。

「どうしたんですか」

「いや、たいしたことじゃない。それよりも詳しいことを教えてくれないか」

「だから事件については」

「そうじゃない。この遺跡について。そして蓮丈先生の意見を、君の見解を、わたしに教えてくれないか」

村役場の林崎健介が、古文書から、湖底遺跡の存在を推測したことに端を発し、自分たちが那智に呼ばれて栄村にやってきたこと。そして那智が残した謎掛けめいた言葉。かつての裏ファイルに補足された資料と、塞の神についての見解。そうしたことを説明するうちに、狐目の顔つきが別人に変わった。かつては民俗学界の大御所と呼ばれた巨人の愛弟子《まなでし》であり、その後継者と目されたこともある、男の顔である。

レポートを丹念に読み、図面と照らし合わせ、写真を凝視する。今や一己《いっこ》の民俗学

者と化した狐目が、やがて顔を上げ、

「なるほどね、さすがは蓮丈先生だ」

その目に宿っている光は確信以外のなにものでもない。いつの間にか二人の傍にやってきた佐江由美子が、「なにかわかりましたか」とたずねた。

4

「そもそも鳥居とはなにか」

「鳥居とは……神社すなわち聖域への入り口を示すものです」

「それでは従来の考え方となんら変わりがない」

「変わらないといけませんか」

「必要なのは、鳥居という器物の形状と名称とを考察してみることなのだよ」

基本的に鳥居が二本の柱と、笠木《かさぎ》、貫《ぬき》と呼ばれる二本の横木によって構成されているという点。

「そして、なぜ鳥の居る場所でなければならなかったか」

「鳥、ですか」

「鳥は、なにを意味しているのだろうか」

佐江由美子が「あの」と話に割り込んできた。「さまざまな任を与えられているのかも」

　神鳥・霊鳥という言葉が存在するように、鳥は神の使いであるという考えが、日本には古くからある。古事記や日本書紀などの記紀《きき》神話《しんわ》に登場する八《や》咫烏《たがらす》はその典型的な例であろう。つまり日本人にとって鳥とは、霊界との交信役であると同時に、マレビトの使いではなかったか。「たとえば」と由美子は続けた。

「八咫烏は神武東征で大きな役割を果たしていますよね」

　狐目が頷《うなず》いた。

「日本武尊《やまとたける》は死後、白鳥となって飛び立っていった、とも記されているね」

　そもそも鳥と霊界を結びつける考え方は、日本固有のものではない。アニミズムではごく一般的なのだと、狐目はいった。

「霊界すなわちマレビトの住む常世と考えるなら……」

　内藤の中に新たなるキーワードが浮かび上がった。

　――鳥居の形状。二本の柱……ということは。

　塞《さえ》の神の原点を柱に求めるならば、その進化した形が鳥居といえるのではないか。

「伊弉諾尊《いざなきのみこと》が地面に突き立てた杖《つえ》しかり」

「彦火火出見尊《ひこほほでみのみこと》が、豊玉姫と出会った場所に植えられていた湯津杜樹《ゆつかつらのき》しかり」

内藤と由美子の声が呼応するように室内に響いた。

「そう、すべては鳥居そのものを指していたんだよ」

「じゃあ、鳥居こそが塞の神であり、信仰の対象であったと？」

鳥居は神社の付属物などではない。鳥居そのものが信仰の中心にあったと、那智は考えていたことになるのではないか。

「似た話が《常陸《ひたち》国風土記》にもある。夜の神であり悪の神でもある夜刀神《やとのかみ》と、人里と仕分けるのに標《しるし》の杖を用いたというんだが」

「たしかに杖が塞の神になっている」

「さらに論を進めると」

という狐目の言葉を、内藤は遮り、

「それって、まさに主客の逆転じゃないですか」

那智が残した言葉を繰り返した。

「そうなるね」

「つまり鳥居が神社の付属物なのではなく、神社本体が鳥居の付属物！」

「どうして、そうなるんですか」と、由美子がいった。

「それは」

人々の信仰の対象は鳥居そのものである。そして鳥居の向こう側にあるもの、本来は肉眼で見ることのできない世界を具現化したもの、形状化したものこそが社殿なのである。

「要するに人々がこうあってほしいと願う世界、そこにいるマレビト……これは神様と言い換えてもよいね。それがおわす場所をまるで模型のように構築したのが、社殿であり祭神なんだよ」

そういって狐目は京都宇治の平等院鳳凰堂《ほうおう》を例に挙げた。かの建造物は、空想上の極楽浄土を模しているとされる。

「まるで舞台セットみたい」

「うん、そう表現してもかまわないだろうね」

「さあ、では今回のケースをそこに当てはめてみよう」

「湖底遺跡ですね」

鳥居は塞の神である。塞の神とは常民の住む里と常世を区別し、悪《あ》しき来訪者を防ぐ機能を有している。この場合、悪しき来訪者とはなにを指しているのか。

「そうか、古代人はあの場所に水脈があることを知っていたんだ。あるいは遥《はる》か古代、水脈が人々に危害を与えたという事実があったのかもしれない。そして人々は二度と災害が起こらぬよう、あの場所に塞の神である鳥居を設けた」

「だから、那智先生は鳥居以外の遺跡は見つからないと」

由美子の言葉に狐目が、満足そうに首を縦に振った。その直後だった。

「ふざけるな!」と怒声が響き渡った。それは、内藤にとって二度と聞きたくはない、しかし聞いてしまった以上悪夢と奥歯の痛みを思い出さずにはいられない、林崎健介の罵声《ばせい》だった。

「お前、役場の助役におかしなことを吹き込んだだろう」

「……ぼくは別に」

「それになんだ。鳥居がなんとかの神そのもので、湖底からは鳥居以外のものが見つかりっこないだと?」

「あくまでも一つの考え方です」

「そんなことを言いふらすために、お前たちは呼びもしないのにやってきたのか!」

部屋の中に急速に悪意と殺気が充満しつつあった。

内藤は危険を察知し、佐江由美子を背中に隠すように座り位置を移動した。

「これ以上、与太話を並べるなら」

「どうしますか。我々にリンチでも加えますか。ならば当方にも考えがある」

狐目の凜《りん》とした声が響き渡った。その声音《こわね》に、内藤は不覚にも涙が流れそうになった。立場上、佐江由美子をかばう体勢にはしているが、当然のことながら腕力には欠片《かけら》ほどの自信もない。

——次は反対側の奥歯かな。あるいは肋骨《ろっこつ》か。太股《ふともも》の骨が折れたらさぞ痛かろうなどと、つらつらと浮かぶ気持ち。

狐目の声は、内藤の情けないまでの不安を一掃する響きがあった。

「考えだと」

「ええ。警察に行ってしかるべき話をします」

「馬鹿め。田舎じゃあ、警察だって地元民だ。身内も同然なんだよ」

「そうかもしれない。多少の暴力には目を瞑《つぶ》るかもしれないが……」

狐目が、言葉を噛《か》みしめるようにいった。

「……」

林崎が、何事かを察知したのか、唇を噛んだままになった。「ところで」と、狐目が続けるまでに、どれほどの時間が流れただろうか。その間に内藤は、己の背中を伝う汗の感触を、幾度か味わっていた。

「林崎さん、あなたの書いたものを読みましたよ。特に《円湖《つぶらこ》》という名称から、鳥居の存在を推測するくだり、まったく見事でした」

「それがどうした」

「でもねえ、あれはやりすぎです。どんなに優秀な民俗学者でも、《円》という字から、朽ちかけた鳥居は想像できません。ましてや最上の三鳥居に形状が似ているだろう、などとは絶対に考えない」

「だが、現実に発見されたじゃないか。わたしの推理は正しかった。だいたい学者という人種は自分だけが正しく、賢いと思いこんでいる、どうしようもない馬鹿ばかりだ」

「ま、否定できない部分はありますが、それにしてもあなたはやりすぎた」

「なにがいいたい」

林崎の言葉は、同時に内藤の疑問でもあった。

狐目は、なにをいおうとしているのか。

「あれはあなたの推理じゃないと、申し上げているんです」

「馬鹿なことを！　他にだれがあんなことを考えつくというんだ。それにあんたが今いったじゃないか。どんなに優秀な学者でも想像できない、と」

「はい。だからあれは推理じゃなかったんです」

狐目を見ながら内藤は、那智の言葉を思い出していた。

——先生はいった。想像力じゃない、見聞だ、と。

同じ結論に由美子も到達したらしい。

「この人、実際に潜ってみたんだ。それで偶然、鳥居を発見したんだわ」

「ご名答」

と狐目はいったが、大切なのはそこじゃないと続けた。

よしんば林崎が自分で湖に潜り、鳥居を発見したとしよう。そしてあたかも湖の名称から推理したごとく振る舞い、調査の結果鳥居の発見に至ったとする。だとしても順番が入れ違いになるだけで、彼の推理という前提は崩しようがない。

「もうおわかりですよね、林崎さん。大切なのは鳥居の発見なんかじゃないんです。どうしてあなたが湖に潜る気になったのか。その本当の目的はどこにあったのか。このことなんです」

「そうか、この人は別の目的があって湖に潜り、偶然鳥居を発見したんだ」

ごく一般的に考えると、と由美子がいった。

湖に潜るのは、湖底になにかを隠すためではないか。

「それはおかしいよ。彼は鳥居のことを推理という形で人々に発表し、現実に調査に乗り出している。なにかを隠したのなら、調査という作業はもっとも危険な行為になるはずだ」

「そうでもないよ、内藤君。そこには厳然としたメリットがある」

「というと？」

「まず、調査期間中は釣り客を閉め出すことができる。さらにいえば、自分が主任として調査を主導すれば、都合の悪い場所を意図的にはずすことができるじゃないか」

「……なるほど」

調査は長引けば長引く程よい。湖底のどこかに隠したもの、そしてそれにまつわる何事かのほとぼりが冷めるまで、湖底調査は延々と続かなければならない。

蓮丈那智の発言に対する林崎の、怒りの真意を内藤はようやく理解した。そのとばっちりを受けたのが他ならぬ自分であることを除いて、だが。

「もう少しだけ推理を進めてもいいですか？」と由美子がいった。狐目が掌《てのひら》で、どうぞと促した。

「林崎さんが隠したものは、通常絶対に水中には沈めないものだと思われます。現在の防水技術はすばらしいのですが、それでも絶対に人は水中にこうしたものを隠そうとは思いません」

「それは？」

「たとえば……絵画です。思い出しましたが、たしか数ヶ月前に宮城の美術館から著名な洋画家の作品が数点盗まれた、と」

「なるほど、完全に防水処理をした絵画ならば、湖底の泥の中にでも埋めておけるものなあ」

狐目と自分と佐江由美子と、今や完全なる蓮丈那智と化した三人が、相手をいたぶり、責めさいなんでいることを内藤は自覚した。林崎の顔色は限りなく紙に近く、唇

には痙攣《けいれん》が見られた。もうこれくらいにしておきましょうか、という前に、

「ああそれからこの話、役場の助役さんにも伝えておきました。佐江君の絵画云々《うんぬん》についても、あとで電話しておきますから」

狐目が、終了宣言した。


これは後になってわかったことではあるが、林崎は美術品専門の窃盗犯という一面を持っていた。彼らの裏稼業は「盗み役」と「処分役」に分業体制が整っているという。では、なぜ林崎は盗み出した絵画を手早く処分せずに、わざわざ湖底に隠匿しなければならなかったのか。その答えは、湖底を捜索した警察によって明らかにされた。林崎が湖底の調査箇所からあえてはずした場所から発見されたのは、盗まれた絵画ばかりではなかった。ビニールシートに梱包《こんぽう》され、コンクリートブロックで固定された男の遺体が、絵画から少し離れた場所で発見されたのである。男の身元が、林崎が懇意にしていた故買品を扱う者であることは、遺体発見後まもなく判明した。


民俗学の世界に戻るつもりはないのですか。

帰りの新幹線の中で、内藤は狐目に問うた。

役場の助役から受け取った資料と内藤の話から、鳥居のルーツ、そして信仰の本質

にまでたどり着いた発想力は、那智に匹敵するのではないか。

「いつだったかおっしゃいましたよね。民俗学から離れたのは、死に向かっている学問に思えたからだ、と」

「今でもそう思っているよ」

「でも……」

「それに君はわたしを買いかぶりすぎている」

「そんなことはありません。たったあれだけの資料と時間とで、あなたは大いなる示唆を与えてくれました」

「それが買いかぶりだといっているんだ」

「たしかに那智先生の残したヒントもありましたが」

「違うんだよ。あの説はね」

狐目が、缶ビールのプルトップを引きながらいった。

あの説は自分が二十数年前、仮説ではあるがと学会誌に発表したものだった。だがそのときは傍証もなく、学界からは完全に黙殺されてしまった。

「おかげで師匠筋から大変な勘気を蒙《こうむ》ってね」

「じゃあ、もしかしたらそのことが原因で」

「わたしも若かった。民俗学を捨てることに最後まで反対したのは蓮丈君だったが」

蓮丈那智の名前が出たことで、内藤の中に新たな疑問と、わずかな怒りが生まれた。

「ところで蓮丈先生、どこに行ったのでしょうか」

「そうですよ、わたしたちを放ったまま」

と、やはり言葉に怒りを滲《にじ》ませ、由美子がいった。

那智が二人を呼び寄せたのは、トラブルの収拾に当たらせるためだと、薄々気づいたのかもしれなかった。

「ほとんど、人身御供《ひとみごくう》じゃありませんか」

内藤の言葉に、狐目がフンと鼻を鳴らした。

「今の発言にすべての解答が隠されているかもしれないね」

「えっ？」

「蓮丈君は、発想の原点をどこで得たといっていた」

「それは……諏訪大社の御柱であると」

「彼女は発想したはずだ。御柱は祭りの結果として怪我人や死人が出るのではなく、そうした結果を得るためのプロセスである、と」

「ええ、たしかに」

「そして君は、鳥が常世との交信役であると同時に、魂の象徴であることにも気づいた」

「日本武尊《やまとたける》の霊が白鳥になったように」

「そして、鳥居の原点が柱にあること」

「それは塞の神であると同時に、常世と人里との境界であるわけです」

「そうした信仰は、ある時ひょっこりとわき上がるものではないだろう」

「というと」

柱を塞の神とする原点から鳥居に至る信仰上の進化の過程には、別の要素が入り込んでもよいのではないか。二本目の缶ビールに取りかかりながら狐目がいった。鳥居は常世の使いである鳥が居る場所であるし、また人の魂が別次元へと旅立つ場所でもある。

「そうした思想は、どう進化していっただろうか。彼女は進化の過程を見聞しにいったのさ」

それを聞いた佐江由美子が、「あっ」と声をあげた。

「あります。たしかにそう思わせる建造物が」

「どこに」

「青森県青森市」

「というと……そうか、三内丸山《さんないまるやま》遺跡！」

縄文時代前～中期の住居跡とされる三内丸山遺跡には、ひときわ目を引く建築物が復元されている。高さ十五メートルにも及ぶ、当時としては最高の土木技術が用いられたであろう建築物である。

「大型掘立柱建物《おおがたほったてばしらたてもの》だ。じゃあ、あれがもしかしたら」

「あるいは、もっとも古い形の鳥居かもしれないね」

その用途は、物見小屋《ものみごや》であったとも宗教施設であったともいわれている。

「鳥を象徴ではなく、もっと即物的に考えると」と由美子がいって、言葉を止めた。

人は死に、別の次元へと旅立ってゆく。そこへ誘《いざな》うのが鳥であるとすると、

「あの建築物。鳥居の中間進化形ともいえるあの建築物の目的は」

「鳥葬？　まさか考えすぎでしょう」

だが狐目からは、なんの答えも返ってはこなかった。

研究室に戻った二人を待っていたのは、青森郵便局消印付きの、那智からの葉書だった。

棄《き》神《じん》祭《さい》

一で芋掘って、二で逃げて、三で探され、
四で知られ、五で棍棒《こんぼう》でどやされ、六で牢屋《ろうや》に入れられた、
七で火あぶり、八で磔殺《はりつけ》、九で縊《くび》られ、十でとうとう死んでしもた。

1

この世には周囲を振り回し、奔走させることを天から許可された人種がどうやら存在するらしい。

「なんてね、なにを今さらわかりきったことを」

俺は考えているのだと、内藤三國《ないとうみくに》は教務部へと続く通路を歩みながら何度か首を横に振った。眼球の奥に覚えた鈍痛は、昨夜来続いた資料調べのせいばかりではないようだ。脇に挟んだファイルから申請書類を取り出し、記載に不備がないかを確認してから、教務部のドアを開けた。カウンター越しに「……さん」と声をかけると、デスクのコンピュータに向かっていた狐目《きつねめ》の担当者が、

「君が来ると、わたしの胃薬の量が格段に増える」

と、露骨に表情を歪《ゆが》めた。

「あっ、その言葉、激しく同意したい気分です」

「笑い事ではないぞ」

笑うしかないじゃないですか、とはさすがにいえず、無言のまま申請書類を手渡すと、その書面に目を通した狐目の表情がいっそう険しくなった。

民俗学調査《フィールドワーク》経費申請書。

東敬大学の各研究室には年度経費が割り当てられ、その範囲内であれば研究室責任者の裁量で比較的自由に使うことが許されている。年々私学の経営が厳しくなっていくことを考えれば、当大学はまだ恵まれているといってよい。

「にもかかわらず、だ」と、書類に担当者印を押しながら狐目担当者がいった。

「その言葉の続きは、直接本人に伝えていただけるとありがたいのですが」

「それができないから、こうして君を詰問しているんだ」

「損な役回りだなあ……ほとんどスケープゴートじゃないですか」

その一言が、別の効果をもたらしたらしい。担当者の眉《まゆ》が、思考のためとでもいいたげに顰《ひそ》められた。「ふうむ」と、うなり声をあげると、狐目は塑像《そぞう》と化した。

「どうしたんですか」

「いや、たいしたことじゃないのだが……九州S県の御厨《みくりや》家というと」

「ああ、このたびのフィールドワーク先ですね。ご存じでしたか」

「昔、ちょっとね」

「というと」と内藤はかつて民俗学界の重鎮と呼ばれた人物の名をあげ、彼のもとで研究に勤《いそ》しまれていた頃の話ですかと問うと、狐目が硬い顔つきのまま頷《うなず》いた。今でこそ教務部の事務方だが、この人物がかつては民俗学の研究者であったことを、内藤は蓮丈那智《れんじようなち》の口から聞いている。

申請書はこちらでなんとか処理しておく、ちょっとつきあわないかと狐目がいった。キャンパスを出た二人が向かったのは駅前商店街の路地裏、映画のセットでも見るかのように見事に時代色のついた居酒屋だった。内藤が学生時代からある店だが、入ったことはない。狐目が生ビールのジョッキを二つ注文すると、カウンターの奥から狸顔の店主が顔を出し、「オヤ、珍しいこともあるものだ」と剽《ひよう》げた口調でいった。

「ここはわたしたちが学生時代から通っている店でね」

「というと、もしかしたら那智先生も」

「彼女の酒豪ぶりは当時から有名だった。ここじゃア、虎と呼ばれたものさ」

はは␣あ、狸顔の店主の店で狐と虎が民俗学を肴《さかな》に酒宴を繰り広げていたのですかというと、「蓮丈先生に似てきた」と、狐目が唇を歪めた。

「蓮丈さん？　ああ、あの別嬪《べつぴん》さんはどうしたかね」

店主の言葉に、「元気ですよ。相変わらず天上天下唯我独尊《ゆいがどくそん》を地でいってます」と内藤が応《こた》えると、

「年間の研究予算を早々に使い果たし、足りない分は遠慮会釈なしに教務にねじ込ん

でくれる」

狐目が補足する。

「あの御仁《ごじん》らしいや」と、店主が注文もしていないのに串焼《くしや》きの盛り合わせを二人の前に置くと、なぜか狐目の表情に困惑の色が浮かんだ。先ほど内藤の「スケープゴート云々《うんぬん》」という言葉に反応し、今また居酒屋の店主の「あの御仁らしい」という言葉に反応した。狐目担当者の二つの反応に相関関係はありやなしや。内藤が瞬間的に思考を巡らせたのは、彼の表情がいかにも奇異であったからだ。かつて研究者であった我が身を懐かしんでいるわけではないようだが、その目は遠く過去を見据えている。

——彼の過去になにかがあった。

そして、その場所には蓮丈那智の姿もあったにちがいない。

「どうかしましたか」

「例の御厨《みくりや》家のことなんだが、なにか聞いているかね」

「そういえば、おかしなフレーズをコンピュータに」

「最近の研究成果かね」

「それが、どうも違うようなんです」

コンピュータのハードディスク内の整理を言い渡された内藤が、ほとんど惨状に近い状態で散乱する情報の欠片《かけら》を、一定の法則のもとに区分けしていたときのことだ。

「日本書紀の一部が画像で保存されていたんです」

「どこの部分かね」

「神代紀上巻の第五段です」

「それはまさか」と狐目がいって、
天照大神《あまてらすおほみかみ》、天上《あめ》に在《ま》しまして曰《のたま》はく、「葦原中国《あしはらのなかつくに》に保食神（うけもちのかみ）有りと聞く。爾《いまし》、月夜見尊（つくよみのみこと）、就《ゆ》きて候《み》よ」とのたまふ。月夜見尊、勅《みことのり》を受けて降《くだ》ります。已《すで》に保食神（うけもちのかみ）の許《もと》に到《いた》りたまふ。保食神、乃《すなは》ち首《かうべ》を廻《めぐら》して国に嚮《むか》ひしかば、口より飯《いひ》出づ。又海《うなはら》に嚮《むか》ひしかば、鰭《はた》の広《ひろもの》・鰭《はた》の狭《さもの》、亦《また》口より出づ。又山に嚮《むか》ひしかば、毛の麁《あらもの》・毛の柔《にこもの》、亦口より出づ。夫《そ》の品《くさぐさ》の物悉《ものふつく》に備へて、百机《ももとりのつくゑ》に貯《あき》へて饗《みあへ》たてまつる。是の時に、月夜見尊、忿《いか》然り作色《おもほてり》して曰《のたま》はく、「穢《けがらは》しきかな、鄙《いや》しきかな、寧《いづくに》ぞ口より吐れる物を以《も》て、敢《あ》へて我に養《あ》ふべけむ」とのたまひて、廼《すなは》ち剣《つるぎ》を抜きて撃ち殺しつ。

日本書紀の一部を正確に暗唱する狐目に呆然《ぼうぜん》とする自分は、さぞや馬鹿面《づら》をさらしているに違いないと、内藤は確信した。

「この部分ではなかったかな」

「まっ、まさしくそこです……驚いたな。そんな芸当ができるのは那智先生だけだと思っていました」

「ただの記憶力だよ。たいしたことじゃない。で？　蓮丈先生はどんなフレーズを打ち込んでいた」

「それが、ですねえ」

那智のコンピュータには「殺害されることに意味を持つ神々」と、書き残されていた。ある意味では、日本書紀の一部をそのままなぞったフレーズともいえた。保食神《うけもちのかみ》は、まさに殺されるための神といってよい。女神である彼女の遺体の、

頭は牛と馬になった。

額の上には粟《あわ》が。

眉の上には蚕が。

目の中には稗《ひえ》が。

腹の中には稲が。

陰部からは麦と、大豆、小豆《あずき》が。

それぞれ生まれ出《い》でた、とある。保食神は文字どおり殺害されることで、この世に

牧畜と農業、養蚕を与えたことになる。

「民俗学では《神》とは、人々に豊穣《ほうじょう》を約束すると同時に災厄をもたらす存在でもあります。そして両者の関係はギブアンドテイクの法則で成り立っているとされます」

内藤がいうと、狐目が無言のまま頷いた。

「だが保食神《うけもちのかみ》に限っては、自らを豊穣物に代えて常民に与えているのみです」

「法則通りではない、か」

保食神を《贄《にえ》》の象徴とする説がないではない。だが、ギブアンドテイクは《常民》と《マレビト＝神》との契約法則であって、神と神とのそれではあり得ない。人を神という存在に記号化するなら、契約相手の月夜見尊《つくよみのみこと》も別の存在に記号化されねばならない。

「ところで」といって、興味のある方に話題を変えたのは内藤だった。

「御厨《みくりや》家のことですが、なにかご存じなのでは」

「因縁が……ないわけではない」

「もしかしたら、那智先生も？」

「ああ。わたしも蓮丈先生も、共に修士課程にいた頃の話だから」

両の指を数え、「要するに遠い昔の話ということだ」と、狐目は少しだけ戯《おど》けた仕草を見せた。

羽田空港から福岡空港までは二時間弱。博多市街地から御厨家まではレンタカーを借りることにした。

「便利になったものですね。ナビゲーションシステムのおかげで、日本国内どこへ行っても道に迷うことがなくなりました」

明るく喋ってはみるものの、日頃から愛想などという言葉とは無縁の蓮丈那智が、表情をさらに硬くさせ、助手席に座っているだけで、充分にプレッシャーを感じ、内藤は車内の空気を緩和すべく更にあれこれと話しかけるのだが、反応はまったくなかった。

——かっ、かないませんわ、この空気の重さは。

エアコンから吹き来る温風さえ粘度を増し、固化してゆくのではないか。そんな錯覚と息苦しさを覚えはじめたとき、「自宅の近くにね」と、突然那智が口を開いた。

「ご近所に迷惑な犬でもいるのですか」

「そうじゃないよ。たびたび表札を盗まれる家があるんだ」

表札そのものか、あるいは表札の一部を欠いて持ち去る輩《やから》がいて困ると、相談を受けたという。なんでまた那智先生に、とは問いかけなかった。蓮丈那智という研究者が世間話などするはずがないし、今回のフィールドワークとは無関係なことを口にするはずもない。彼女の唇は精密な端末機と化し、己の脳細胞が処理した情報を的確に伝えようとしていることを、内藤は心得ている。

「その家……《勝馬《かつま》》という名字なんだ」

「ははあ、それで。競馬ファンというかギャンブラーが縁起を担《かつ》いで」

「他にもギャンブラーが狙《ねら》うものがいくつかある」

たとえば稲荷《いなり》神社の遣《つか》い狐。石像の一部を金槌《かなづち》で欠き、御守りに持ち去るものがあとを絶たないという。神像ではないが、墨田区両国の回向院《えこういん》には鼠小僧次郎吉《ねずみこぞうじろきち》の墓があり、これまた御守りがわりに削ってゆく者が多いため、寺では本墓とは別に削り専用の代理墓を建てているという。

「そういえばうちの近くの稲荷神社の狐も、ずいぶんと無惨な姿になっていますね」

口にしながら、内藤は那智の思考をトレースしはじめた。

御利益《ごりやく》のために持ち去られ、あるいは破壊される表札。神像。墓。

「これらに共通する項目はないかな、ミクニ」

「表札は言霊《ことだま》として、神に記号化されてもよいでしょう。遣《つか》い狐はそのもの。鼠小僧の墓もまた、偉大なる大泥棒であり、今はもう死者の国で和霊《にぎみたま》に昇華しているはずですから、やはり神の記号を与えてよいと思います」

「すなわち」

「自らの死を以《もっ》て豊穣《ほうじょう》を与えた保食神《うけもちのかみ》の末裔《まつえい》だと」

「彼らの存在は、《生《い》け贄《にえ》》という記号のみではどうしても片づけられない気がするんだ」

「…………」

「そして我々の前には、今、新たな保食神が現われようとしている」

「それが御厨《みくりや》家に伝わる祭祀《さいし》ですか」

「破壊される神。なぜ神は破壊されねばならないのか」

「そのルーツを探るのが今回のフィールドワークの目的ですね」

頷《うなず》く那智に向かって、内藤は声にすることなく胸の裡《うち》で囁《ささや》いた。

あなたはかつて御厨家で起きた事件の決着をつけるつもりですね。だれのためでもない、ご自分のために。そう思った時に、

『もしかしたら、事件が再現される予感を蓮丈先生は感じているのかもしれない』

脳裏に、あの時の狐目の言葉が甦《よみがえ》った。

「一九八※年の夏だった。今でもそのときのことはよく覚えている」

2

到着後、市内のホテルに部屋を取り、荷物を整理し終わったところへ那智から電話がかかってきた。部屋に来てくれないか、話しておきたいことがあるからといわれ、指定どおりドアをノックすると即座に「開いている」と声が返ってきた。すでにデスクには二本のステンレスボトルが用意され、備えつけのグラスにタンカレーのマラッカジンが注がれようとしていた。続いてノイリー・プラットを香りづけ程度注ぐと、那智が愛飲するマティーニ・オンザロックスができあがる。グラスを薄い桜色の唇にあて、一口、二口飲んだ後に、那智が発したのが先の言葉だった。

「修士課程の院生だったそうですね」

「そうか、教務部の彼に聞いていたのか」

「事件のことも、およそのところは」

「じゃあ、話は早い。あのころのわたしはまだくちばしの黄色い、そのくせ理屈だけは一人前にこねたがるどうしようもない研究者の卵だった」

「珍しいですね、先生がご自分のことをそんな風にいうのは」

「仕方がないさ。他にいいようがない」

そんな時代の那智を見てみたいと、内藤はふと思った。だが……。

――遠くから一目見るだけで充分だけれど。あ、でもちょっとは……。

「なにを考えている。目が泳いでいるようだけれど」

「なんでもありません。決して不埒《ふらち》なことを考えていたわけじゃないです。本当です」

「まあ、いい」

懐疑的《かいぎてき》な眼差《まなざ》しは消えなかったが、続けた那智の話によると、御厨家でのフィールドワークは、決して彼女の意に添うものではなかったという。当時の那智は修士論文の完成を急いでいたし、テーマは全く別のところにあった。それでも担当教授に頼まれれば、嫌々ながらでも参加しなければならない。教授からの「依頼」とは、すなわち厳命に他ならないからだ。大学の研究機関とはそうしたものであるし、体質は今以《もっ》てなんら変わることがない。

御厨家《みくりや》では三年に一度、広大な庭園に築かれた塚の上で家護《やもり》の神像を燃やすという奇妙な祭祀《さいし》がある。その起源は古く、江戸時代中期まで遡《さかのぼ》るという。

担当教授が那智に命じたのは、奇祭についての詳細なレポートだった。

「神像を燃やすというのは……要するに像を憑代《よりしろ》にするということではありませんか」

「普通の人形ならば、そう考えるのが妥当だね」

「そうか、神像が家の守りだとすると、奇妙ですね」

「だが、当時のわたしにはあまり興味がなかった」

「教務部の彼がいっていましたよ。そのころの那智先生は担当教授の学説に真っ向から対立する論文を完成させつつあったと」

「よけいなことをまた」

その時、あくまでも想像に過ぎないが、と狐目はいった。

担当教授の学説に対立する論文など許されるはずがない。それを平気でやってしまうところが、今も昔も変わらぬ蓮丈那智なのだと。ましてや那智の論文が学界に認められてしまえば、教授の立場はなくなる。那智は露骨な妨害を受けていたのだと話す狐目には、深い絶望の表情がうかがえた。

「実のところ、当時はわたしもただの憑代だろうと考えていたんだ。それに」

「それに？」

「事件のことは聞いているだろう」

「ええ。祭りの翌朝、人が殺されたそうですね」

「御厨家に古くから仕えていた執事でね。滝川さんといったか」

「それでフィールドワークどころではなくなったのですか」

ああ、と頷きながら那智は二杯目のマティーニを作った。

「今考えても奇妙な祭りだった。奇妙なのだがどこか荘厳で」

異端の民俗学者には珍しく、那智が遠くを見つめる目つきになった。


そもそも神像の形態からして奇妙であった。円空仏に見られる善女竜王《ぜんによりゆうおう》に近いのだが、その頭部には一寸《いっすん》足らずの角《つの》が二本生えている。日頃は家屋の最奥部《さいおうぶ》にある神事部屋と呼ばれる小部屋に安置されているという。それが三年に一度取り出され、庭の北東に位置する塚で燃やされるのである。燃やしてしまったら像はなくなるので、神事の一年前に次の像を作らせるという。だがある年からは、身代わりとして作った像を祭祀で燃やし、神像を安置しつづけて家を護《まも》らせているとのことだった。祭祀を執り行なうのは代々の当主で、家族から使用人に及ぶまで、すべての家人が神事に立ち会うことになっている。塚の頂上に厳かに安置された神像は、火を放たれるとゆっくりと火柱と化してゆく。そのとき家人は、次の童歌《わらべうた》を唱和するという。

『一で芋掘って、二で逃げて、三で探され、
四で知られ、五で棍棒《こんぼう》でどやされ、六で牢屋《ろうや》に入れられた、

七で火あぶり、八で磔殺、九で縊られ、十でとうとう死んでしもた』

神像が完全に灰になるまで、歌は続けられる。その間約三時間。人々が身じろぎもせずに歌いつづける姿はどこか滑稽《こっけい》で、悲しげで、そして一抹《いちまつ》の鬼気《きき》を漂わせていた。

「角のある善女竜王ですか」

「変わっているだろう」

「変わっているなんてものじゃありません。そんな神像をぼくは見たことがない」

「でもないんだが」

そういって那智がバッグからA４サイズの紙束を取り出した。表紙には「天界の女王イシュタル。バビロン出土。ルーブル美術館収蔵」とキャプションのついた写真が添えられている。

「なんですか、これ」

「イシュタルはビーナスの原像とも呼ばれている。頭部に二本の角が生え、目に赤いルビーが嵌《は》められているのがわかるだろう」

二本の角は牛の角を、赤い目は蛇神《へびがみ》を表わしているのだと那智が続けた。

善女竜王《ぜんにょりゅうおう》。バビロンのイシュタル。牛の角。赤い目の蛇神。

「さらにいえば、だ」

那智の言葉を内藤は「待ってください」と、我知らずのうちに止めていた。すべてのキーワードが奔流となって、脳内に無秩序と混乱を引き起こしていた。けれど那智はやめようとはしない。

「今はほとんど忘れられているが、中世までは牛頭天王《ごずてんのう》信仰と呼ばれるものが存在していた」

ある記録によると西暦九七〇年、京都八坂の地で神輿《みこし》の還幸行列《かんこうぎょうれつ》が執り行なわれたという。行列には「素戔嗚尊《すさのおのみこと》の化身である牛頭天王と、稲田比売命《いなだひめのみこと》の化身である婆利采女《はりさいにょ》の姿があった」と記されている。そしてこの還幸行列が、後の祇園《ぎおん》祭になったともいわれている。

「稲田比売命《いなだひめのみこと》が、八岐大蛇《やまたのおろち》伝説に登場する櫛名田《くしなだ》姫であることはいうまでもない。つまりは牛頭天王と蛇神に因縁浅からぬ姫というキーワード」

「だめです。ぼくにはなにがなんだか」

「わからないか」

「理解を超えています。それに」

バビロンと出雲《いずも》伝説をつなぎ合わせ、さらには現存する牛角《ぎゅうかく》の善女竜王にまで関連づけるのは、あまりにも発想に飛躍がありすぎはしないか。それこそは那智がもっとも嫌う、学術の名を借りた質《たち》のよくないエンターテインメントにすぎないのではないか。

「そんなことはない」と、那智は内藤の言葉を一蹴《いっしゅう》した。続く「ミクニ」という一言が、ある事象を思い出させた。

「トーテム……ですか」

「社会を構成する親族集団が、神話的過去において神秘的かつ象徴的な関係で結びつけられる例はいくつもある」

「そうでした。主として動物や植物が取り入れられ、それらが集団の祖先と固定される」

北米先住民族に見られるトーテムポールは、この思想に基づいて作られる。すなわちあの柱状の彫刻物は彼らの祖先を表わしており、自らが同じ集団の一員であることを証明するものでもある。

けれど、と内藤は反論を試みた。

毎年一定の時季に生け贄《にえ》を要求する八つの頭と八つの尾をもつ大蛇は、櫛名田姫を助けるべく立ち上がった素戔嗚尊によって無事退治される。この八岐大蛇《やまたのおろち》伝説に関しては、それこそ綺羅星《きらほし》のごとく考察が試みられている。いわく、山間を流れる川による氾濫《はんらん》と、それを治水工事によって防いだのが伝説と化した。いわく、産鉄民族の蹈鞴《たたら》製法が元になった。けれど伝説の底流には、「生け贄＝櫛名田姫」という絶対的な原則が存在する。

「那智先生。櫛名田姫は、生け贄なんですよ」

「違うね。生け贄と伝えられているだけだ。伝説の中でも彼女は殺されたりはしない。彼女を助けたのはだれだ」

「もちろん……素戔嗚尊《すさのおのみこと》です」

「だったらこうも考えられるだろう。櫛名田姫は八岐大蛇《やまたのおろち》に捧《ささ》げられた生け贄などではなく、元々が蛇神＝八岐大蛇をトーテムとする一族の人間であったと」

「ということは、例の伝説は種《しゅ》を異《こと》にするトーテム集団の融合譚《たん》であると」

「げんに素戔嗚尊の化身である牛頭天王は、海神との説もある。そもそも海や水を司《つかさど》るのは龍《たつ》の集団。蛇神のトーテム集団だろう」

素戔嗚尊が八岐大蛇を退治したのではなく、融和もしくは統治したからこそ彼は海をも司ることができた。

そこまで一気に話した那智が、グラスの中身を飲み干し、いきなり喉《のど》の奥でくぐもった笑い声をあげはじめた。

「どうしたんですか、いきなり」

「いや、すまなかった。君を混乱させるつもりはなかったんだが」

「じゃあ、今の説は」

「かつてのわたしの恩師……というよりは修士論文の担当教授が、唱えていた説だよ」

「そうなんですか」

「だが、荒唐無稽《こうとうむけい》と言い捨てるには惜しい考察ではあるね」

八岐大蛇《やまたのおろち》伝説だけではないと、那智はいいながら、ステンレスボトルに手を伸ばす。

大丈夫ですか三杯目ですよと、一応は忠告したが、当然のごとく無視された。

「そういえば……君が先日まとめたレポートだが」

「佐江君と共同で書いた、鳥居に関する考察ですね」

「山幸彦《やまさちひこ》について触れていただろう」

兄の海幸彦《うみさちひこ》より借り受けた釣り針を探すべく、海神国に赴《おもむ》いた山幸彦はそこで豊玉《とよたま》姫《ひめ》と出会う。出会いの場所が大樹のもとであったことを踏まえ、鳥居の原点は一本の柱であり、それが塞《さえ》の神の始まりであると、内藤は論考した。

「二人は出会い、やがて豊玉姫は彼の子を身ごもることになる」

そういって、那智が口調を改めた。

後に豊玉姫、果して前《さき》の期《ちぎり》の如《ごと》く、其《そ》の女弟玉依姫《いろどたまよりひめ》を将《ひき》ゐて、直《ただ》に風波を冒して、海辺《うみへた》に来到《きた》る。臨産《こう》む時に逮《およ》びて、請《こ》ひて曰《まう》さく、「妾産《やつこ》《こう》まむ時に、幸《ねが》はくはな看《み》ましそ」とまうす。天孫猶忍《てんそんなほ》ぶること能《あた》はずして、窃《ひそか》に往きて覘《うかが》ひたまふ。豊玉姫、方《みざかり》に産むときに竜《たつ》に化為《な》りぬ。


日本書紀の一部をごく当たり前のごとくにそらんじる那智を見ながら、

——日本書紀と古事記の違いこそあれど。

狐目の担当者と蓮丈那智が、稗田阿礼《ひえだのあれ》の眷属《けんぞく》に相違《そうい》ないことを内藤は確信した。

「まあ、そのことが元で二人は別れてしまうことになるのだが」

「たしかに龍《たつ》のトーテム種族との婚姻譚《こんいんたん》ですね」

そういいながら内藤の中に新たな疑問がわき上がった。

かつて那智は《海幸彦・山幸彦》の伝説から三種の神器の謎、古代民族統一の謎を導き出した。

内藤三國は山幸彦と豊玉姫の出会いのシーンから鳥居の原点を見いだそうとした。

今また、異種トーテム種族の婚姻譚が導き出されようとしている。しかもその原点は遠くバビロンまで羽を伸ばされる可能性さえある。

「いくら民俗学が解答のない学問だといっても」

「君のいいたいことはわかる、でもね、ミクニ」

形容しがたい響きをもつ声が、延髄のあたりを甘くしびれさせた。

問題は記憶媒体にあると那智は言葉を重ねた。

「記憶媒体ですか」

「我々はさまざまな記憶媒体を有しているね」

書き残そうと思えば紙などただ同然で手に入る。情報が大容量ならばCD－ROMだってある。文字も音声も画像さえも、現代人に残せない情報はない。

「けれど古代人は違う。彼らにだって残すべき情報は山ほどあったはずなのに、記憶媒体はそれに比してあまりにも貧弱だ」

「だから一つの物語に複数の寓意《ぐうい》を込めることになった、ということですか」

「必要はいつだって発明の母だ」

「けれど、その説は先生の興味を引くものではなかった」

「若かったのさ。あのころは」

目先の研究テーマを追うことに必死で、周囲に目を向けるゆとりなどなかった。あるいはそれが若さということなのかもしれないけれど、そういってグラスの中身を空ける那智の目に、得体の知れない凝《こご》った光を見た気がした。

3

御厨家での祭祀《さいし》がいよいよ午後八時から執り行なわれる当日の朝、ホテルを一人の老人が訪れた。その報《しら》せをフロントから受け、ロビーに内藤と那智が下りてゆくと、老人ながら見事な体軀《たいく》の男が立ち上がり、「本当にご無沙汰《ぶさた》です、忌宮《きのみや》です」と、深々と頭を下げた。薄いグレーの背広に奇妙な違和感があるのは常日頃、着馴《きな》れていないからだろう。臙脂色《えんじいろ》のネクタイもどことなくぎこちない。しかも、にこやかに笑っているにもかかわらず、忌宮からは独特の威圧感が感じられた。異端の民俗学者と呼ばれ、フィールドワークの先々でトラブルに巡り合うことを運命づけられたかのごとき那智の助手を続けるうちに、すっかり馴染《なじ》んだ独特の空気。那智は忌宮の素性についてなにも話してはくれなかったが、

――警察関係者だな……間違いなく。

内藤は確信した。改めて忌宮を観察すると、短く刈り込んだ髪はごま塩頭というよりは白髪に近い。

「お電話をいただき、本当にびっくりしました。今は大学の先生だそうで」

「すみません。どうしてもあなたにお聞きしたいことがあったものですから」

「あの事件は、今でも忘れちゃあおりません」

自分にとって手痛い黒星でしたからと、忌宮はいった。「それにしても」と、忌宮は那智を上から下まで眺め、まぶしいものでも見る目つきになったまま絶句した。

「すっかり変わったでしょう。あれから幾年月流れたわけですから」

「まったく逆ですよ。当時はたしか学生さんでした。あの当時もとびっきりの別嬪《べっぴん》さんで、わたしら、ねえ……その、目のやり場に困ったものでしたが」

二人の会話から、忌宮がかつて御厨家で発生した殺人事件の担当捜査官であることがわかった。さぞや強面《こわもて》の刑事であっただろう。それでも、若き日の那智に接する際の忌宮の戸惑いを、内藤は容易に察することができた。

「ところで警部さんに見ていただきたいものが」

「警部はよしてください。もう五年も前に定年退職したとですよ」

「そうでしたか」

「ばってん、事件のことならはっきりとここに」

忌宮が額をこつこつと打った。

あれを用意してくれないかと那智にいわれ、内藤は応接机に置いたノート型パソコンの起動スイッチを入れた。まもなく準備が整うと、ＣＤドライブにディスクをセットした。

「見ていただきたいのはこの映像なのですよ」

液晶画面に映し出されたのは、御厨家の祭祀《さいし》を撮影した映像である。院生であった那智がビデオで撮影したものがCD－ROMに焼きつけられている。

最初に映し出されたのは、塚の頂上で燃やされる神像だった。まず正面から。続いてカメラアングルは左右に振られる。

「塚とはいってもかなり大きなものですね。どちらかといえば築山《つきやま》のような」

そういいながら、内藤は別のことを考えていた。この当時、ビデオカメラは今ほどコンパクトではない。専門の撮影機材を用いているはずだから、たぶんカメラ自体五キロ近くあったのではないか。

――バッテリーパックだってあったはずだし。

にもかかわらず「わたしがカメラマンだった」とこともなげにいってのける那智に、驚嘆というよりは空恐ろしさに似たものを感じた。同時に「フィールドワークの基本は体力だ」という、那智の常套句《じょうとうく》に改めて納得させられた。

一で芋掘って、二で逃げて、三で探され、
四で知られ、五で棍棒《こんぼう》でどやされ、六で牢屋《ろうや》に……。

映像に被《かぶ》さるのは、例の数え歌だった。

次に祭祀に参加した人々の様子が映し出される。

黒の紋付き袴姿《はかますがた》は当主の御厨善左衛門である。両の手を胸の前で合わせ、瞑目《めいもく》したまま歌っている。

「あっ、この人ですたい」と、忌宮が画面を指さした。やはり紋付きを着た老人が、御厨善左衛門のすぐ横で、同じように瞑目《めいもく》したまま歌っている。

「そう。これが事件の被害者、執事の滝川周蔵氏」と、那智が頷《うなず》く。

カメラは次の人物を映し出した。

家政婦の田島春江。

善左衛門の一人息子・義之。

義之の妻・理恵子。

義之夫妻の娘・真奈。

住み込みの庭師・市川順吉。

一人一人の名前と顔を、忌宮は正確に記憶していた。

「問題は次なんです。そこだ、ミクニ、映像を止めて」

いったん静止させた画像をマウスを使って少し前に戻した。

滝川の顔を斜め前からアップで写した映像である。先ほどまでは閉じられていた目が、今ははっきりと開いている。瞬《まばた》きを忘れたように見ているのは、たぶん燃えさかる神像だろう。その唇が、動いた。

「………か」

どうやら数え歌ではないらしい。

「今の音声、できうるかぎり大きく拾えるかな」

「大丈夫でしょう。かなりはっきりと音声が残っていますから」

いくつかのキーを操作し、再び映像を前に戻して再生を開始した。

「あの……御仁か」

同じ作業を二度、三度と繰り返した。やはり滝川老人は「あの御仁か」といっていることが確認できた。

「いかがでしょう」と、那智が忌宮を振り返っていった。

「いかがと、いわれましても」

「どうして滝川氏は、あんな言葉をつぶやいたのでしょうか」

翌朝、塚のすぐわきで滝川の死体が発見された。検死によると死亡推定時刻は午前三時前後。死因は後頭部を鈍器で強打されたことによる脳挫傷《のうざしょう》だったという。

「あの当時、滝川氏は一年あまりの入院生活を送っておったとですよ。ところが例の祭りんにゃあ、なにがなんでも参加せんばならんいいましてな」

しかも高齢のためか、軽い老人性認知症の症状が見られたという。

「ですから、うわごとめいたことばいうたとしても、不思議はなかったとです」

「そうですか」

ところで、と那智は続けた。彼の死に関して、なにか動機のようなものは見つかったのだろうかと問うと、忌宮は黙って首を横に振った。滝川は戦前から御厨家に仕えた忠義もので、彼を悪くいうものは誰一人としていなかったという。戦争が始まり、善左衛門が召集されてからというもの、御厨の家には不幸が絶えなかった。先代夫婦の相次ぐ病死。使用人による預金の持ち逃げ。善左衛門の弟の横死。戦前までは繁栄を極めていた造酒屋《つくりざかや》業の不振。それでも家が断絶しなかったのはひとえに滝川の尽力があったればこそと、多くの人間が証言した。

「戦後、復員してきた善左衛門氏と二人して、ようやく家を再興させたのですよ」

「二人……というと、戦後まもなくの御厨家は、いや善左衛門氏の家族は」

「だれもおりませんでした。妻帯もまだで、母親も亡くなってましたから」

だからこそ、滝川の功績は大きいのだと忌宮が強調した。

「だとしたら、やはりわたしには気にかかる。あの一言が」

余人ならばただの妄言《もうげん》と聞き流してよい一言であったかもしれない。けれどひとたび「気にかかる」と那智の唇から漏らされたとたん、そこには霊的な意味が備わるらしい。内藤も忌宮も、解きようのない方程式を与えられた学生のように黙り込むしかなかった。

御厨家で待ち合わせることを約束し、忌宮がいったんは引き上げたあとで「どうして今なんですか」と、内藤は那智に問うた。今回のフィールドワークが決定し、狐目から過去の因縁を聞かされて以来の疑問だった。

「どうしてとは？」

「今になって、どうして先生は御厨家に関わる気になったのですか」

いかにトラブルメーカー――本人もしくはその助手が望むと望まざるとにかかわらず、の――であるとはいっても、蓮丈那智は民俗学者である。自ら事件に関わることは断じて本意ではないはずだ。

「きっかけは……先日訪れた三内丸山《さんないまるやま》だった」

「ああ、青森県の三内丸山遺跡ですか」

「資料館でさまざまな土偶を見ているうちに、ふとある報告書を思い出したんだ」

縄文時代は、多くの謎を今も抱えている。その一つが土偶だ。遺跡から発掘される土偶は、完全体が驚くほど少ない。どこか一部が、あるいは原形をとどめぬほど破壊されたものばかりが出土するのはなぜか。

「その報告書は、そもそも土偶は破壊されるために製造されたのではないか、との推測で締めくくられていた」

「破壊されるための？」

「土偶の多くは、豊穣《ほうじょう》の象徴である女性をかたどっているだろう」

「だったら破壊する必要なんて」

そこまでいって、内藤は保食神《うけもちのかみ》のことを思い出した。

「殺害されるための女神……破壊されるための土偶……ですか」

「そうしたら、御厨家のことが不意に思い出されてねえ。調べてみると今年が三年に一度の祭祀に当たることがわかった」

「なるほど、ついでにかつての事件も解決してやろうと」

「一つ調べて欲しいことがある。御厨家について」

かつてバブル景気と呼ばれた狂乱の時代があった。狭い国土に使い切れないほどの金が溢《あふ》れ、その受け皿としてハコモノという名の公共建造物が、雨後の筍《たけのこ》を思わせる勢いと数で建設された。今では考えられないことだが、小さな市町村にまで郷土資料館が生まれたのは、まさにこの時代だった。社会的、経済的にあの時代が正しかったか否《いな》か、内藤にはわからない。けれど民俗学を研究する立場にあるものにとって、バブル期はある意味で救世主の時代であったといえる。戦後の高度経済成長期を経てめまぐるしく社会環境が変化し、土着の資料や伝承は無用のものとして消えゆくさだめにあった。そこに郷土資料館という名の資料収集機関が各地に建てられたおかげで、霧散《むさん》の運命から逃れることができたのである。

この町も例外ではなかった。

市役所に併設された郷土資料館に赴き、東敬大学の民俗学研究室の助手であることを告げると、すぐに学芸員が閉架式資料室に案内してくれた。

「なるほど御厨さんとこの奇祭ですか」

「ええ、ずいぶんと歴史のある祭祀《さいし》だと聞いていますが」

「古いことはたしかに古いが……なあ」

園田と名乗った学芸員が、小首を傾げた。

三十平米《へいべい》ほどの資料室に入ると、あまりに雑然とした有様に内藤は驚かされた。那智の研究室が整然としているとは思わないが、それどころではない。

「お恥ずかしい話ですが、この不景気で予算もままなりませんでな」

「はあ、そうなんですか」

バブル経済の余波で資料館を建設したものの、肝心のバブルがティーンのニキビよりも簡単に弾《はじ》けてしまった。おかげでどこの自治体でもこうした施設の運営に苦しんでいることは知っていたが、この荒れようはそれだけが原因ではないようだ。

「失礼ですが園田さんは、専任学芸員ではないのでは」

「ははは、やはりわかりますか。庶務課の課長と兼任です」

「では、学芸員資格も」

「持っちゃあ、おらんとですよ。そんなものは」

けれど先ほど受け取った名刺には、たしかに「学芸員」の肩書きが刷り込まれている。

――それって……身分詐称じゃありませんか。

無論、そのことは口にしなかった。

明治からの新聞資料はそのあたり。

公文書資料はたぶんあの棚だと思う。

書籍類はそこに積んであるから、山を崩さないように探すこと。

写真資料は、すべてマイクロフィルム化してあるからあのビューアーを使ってください。

ビューアーを指さすときだけ園田は少しばかり得意げな表情を見せたが、あとは己の怠慢に照れるような薄笑いを、終始浮かべたままだった。

「ところで園田さん、先ほどちょっと気になったのですが」

「なんでしょう」

「御厨家の祭祀ですが、古いことは古いがといって、首を傾げたでしょう」

「そのことですか。ずいぶん前に新聞社が取り上げたことがありましてね。それで記者さんがここに来て、調べものをなさったとです」

それによると、祭祀の起源を探るとたしかに江戸時代まで遡《さかのぼ》ることができるようだが、明治半ばを最後にしばらく中断していたそうだ。

「それを戦後になって復活させたのが、現当主の御厨善左衛門さんと、ええっと、なんといったかな」

「十数年前に殺害された、滝川周蔵氏ですか」

「ああ、そうでした。その滝川さんですよ。御厨家再興のために、古来よりの儀式を復活させようということであったらしか」

「そうだったんですか」

他に仕事があるからといって園田が部屋を出ると、内藤は本格的に資料を調べはじめた。

園田の言葉によれば、祭祀は戦後になって復活したという。ならばそのことを伝える新聞記事はないか。そもそも御厨一族の起源はどこにあるのか。造酒屋を生業《なりわい》とする家には、相当に古い歴史を持つ場合が多くある。酒を造るという行為自体、マレビトとの深い接点を持っているからだ。

ビューアーを覗《のぞ》き、明治後期から大正にかけての写真資料を調べていると、内藤は奇妙な写真に巡り合った。

「これは、例の塚じゃないか」

御厨家の祭祀の舞台となる塚の写真だが、奇妙なことに人が頂上に立って手を振っている。子供の悪戯《いたずら》ではない。手を振っているのは三十代の男性である。

「大正三年撮影か」

写真は一点だけではなかった。他の写真では別の女性がやはり頂上に立っている。撮影年月日は昭和五年となっている。

――もしかしたらこれが……。

内藤は夕方近くまで資料室にこもり、調べものを続けた。

4

『骨鳴りのこと

わたしは終戦を上海《シャンハイ》の地で迎えた。その半年前、マラリアで倒れたわたしは野戦病院に入れられていて、ベッドに臥《ふ》したまま上官から日本敗戦の報を受けたのであった。皇国が負けた。そう言い聞かされても初めのうちはそれが理解できない。畏《おそ》れ多くも天皇陛下の皇軍が負けるわけなどあるはずがない。たとえわたし一人でも、敵国に立ち向かわねばならない。けれどわたしはマラリアで動くことができない、一己《いっこ》の病人でしかなかった。

野戦病院とはいっても、治療を行なえる状況ではなかった。「腹下しはこの部屋に」と十五ばかりのベッドが並ぶ病室に入れられると、それっきり医者一人やってくるでもなかった。寝ているのは皆マラリアか赤痢に罹《かか》っている兵士で、病室にはねっとりとした汗の匂いと、糞便《ふんべん》臭が漂っていた。あるいは死の匂いであったやもしれぬ。わたしのベッドの隣に一人の男が寝ていた。聞けば満州の野戦貨物廠《しょう》にいたという。どこか優しげで、病人独特の棘《とげ》のない男であった。彼とは不思議と馬が合い、わたしたちは互いの飯盒《はんごう》を交換することにした。たとえ終戦を迎えても、この場所から動くことなどできそうにない。さりとてまともな治療も受けられないでは、治癒の望みも遠い。もしもどちらかが生き残れたなら、死んだ方の飯盒を遺族のもとに届けるためであった。

病状が安定していたときには、互いのふる里の話などして、気を紛らわせた。そんなとき彼は決まって母のことを語り、ああ、母の炊き合わせが食べたい、熱い飯でかき込みたいといって、涙ぐむのであった。互いにマラリアがあったから、その発作の時はたいそう難渋した。瘧《おこり》に震え、身体《からだ》が飛び跳ねるのである。骨と皮ばかりでは、ベッドから落ちただけでも致命傷となりかねない。死ぬは大袈裟《おおげさ》でも、骨折は間違いなかろう。ろくな医薬もない野戦病院で、骨を折ってもうち捨てられるのが落ちだ。そんなときは発作のないほうが相手の身体を必死になって押さえるのである。重湯さえも受け付けられず、胃袋の中身などなにもない。肛門《こうもん》から出るのも水以外にない。それでも発作が起きると、病人とは思えないほどの勢いで、身体を揺するのである。わたしは必死になって彼の身体を押さえつけた。すると互いの骨と骨とがぶつかり合って、こつんこつんと音を立てた。こつん、こつん。こつん、こつん。切なくも滑稽《こっけい》な音であった。ああ、こうやって次はわたしに発作が起きる。するとと彼はこの身体を押さえつけてくれるのだろう。こつん、こつん。骨が鳴る。やがて歩くこともままならなくなるであろう。ベッドにすがって立ち上がることもできなくなるであろう。ベッドに横たえた身の半身すら起こすことができなくなるであろう。

五日後。彼の微《かす》かな寝息が完全に途絶えた。

たまたまやってきた上官にそのことを告げたのはさらに三日後であった。

おおそうか。さすがに腹になにもないと臭いも出ぬな。

上官はそういって、彼の遺骸《いがい》を別の部下に運び出させた。

埋葬されたか、あるいは野辺《のべ》にうち捨てられたか。定かではない。

半年後、わたしは奇跡的に命ながらえ帰国船に乗り込むことができた。彼の飯盒を携え、そのふる里に向かったが、彼を待っているはずのご母堂は終戦直前に亡くなったとかで、他に身寄りは見つからなかった。わたしは飯盒を彼の家の菩提寺《ぼだいじ》に届け、それから二度とかの地を訪れたことは、ない。けれどあの骨が鳴る音だけは、今も耳の片隅で折々に響き渡るのである』

新聞記事のコピーを一瞥《いちべつ》しただけで、蓮丈那智の脳細胞にはすべての内容が記憶されるらしい。

「昭和三十六年の地方紙に掲載されたものです。《わたしの終戦》というテーマのリレーエッセイのようなものですね」

「そうか、御厨《みくりや》老人は上海の野戦病院で終戦を迎えたのか」

「切ないですねえ、骨の鳴る音というのは」

「封印されるべき記憶は、同時に記録されるべき記憶でもある」

なんですかそれは、といおうとして内藤は口をつぐんだ。そんなことを言葉にすればたちまち氷の視線が浴びせかけられるに決まっている。封印と記録の二律背反こそは、民俗学の大いなるテーマの一つだからだ。それを知りつつ、なおも、

――どうしてこんな時に。

那智の思考が、内藤には読めなかった。

「れっ、例の数え歌ですが、やはり先生の考察通りでした」

「御厨家の数え歌は特殊だった」

「そうです。この地方に伝わる数え歌では、『一で芋盗《と》って』となっているんです」

「この歌は意外に全国に流布していてね。その他のバージョンでもやはり、芋盗って、となっているんだ」

「それなら納得できるんですよ。窃盗を戒める数え歌として」

「芋掘って、ではまったく意味が違う。この言葉を記号化すると」

「生産性ですか」

生産性の代償として、牢屋《ろうや》に入れられ、火あぶりにされ、磔《はりつけ》にかけられ、紐《ひも》で縊《くび》ら

れたあげくに殺される。

——そうか、あの歌は。

殺害されるための神を歌ったものであることに、内藤は気づいた。

「それともうひとつ、これですが」

と、例の塚の写真を手渡した。

御厨家の塚は明治になって造られたものらしい。それまで祭祀《さいし》は庭の中央で執り行なわれていたとの記録がある。そういうと那智の三日月形の眉《まゆ》が、一瞬だが顰《ひそ》められた。そして「ミクニ」と、名状しがたい一言が囁《ささや》かれると、内藤の背中を冷たい予感が走り抜けた。

「神はどこにいる」

「神とはマレビトですから……当然常世《とこよ》におわします」

「民俗学上の問題を訊《たず》ねているんじゃない。物質的に神はどこにいる」

物質としての神。ましてや那智は、「民俗学上の問題ではない」とまでいいきっている。

そのあまりに真摯《しんし》な、そして蠱惑《こわく》的な光をたたえた目に見据えられ、内藤は八岐《やまたの》大蛇《おろち》に見込まれた小動物の気分になった。

「行こう」

「どこへ……ですか」

「決まっているじゃないか。御厨家へ」

そういって那智が立ち上がり、歩きだすと、背中からこぼれるオーラに引かれる形で内藤も、おぼつかない足取りのまま歩きだした。

神が燃えている。燃やされている。現世《げんせ》に住む常民に豊穣《ほうじょう》を与えるために、自らの身体《からだ》を昇華させようとしている。

そして数え歌の唱和。

CD-ROMに記録された祭祀が、参加者こそ違うもののそのまま再現されている。祭祀の後、御厨家の奥座敷に案内されたのは、忌宮の口添えがあったからだ。

「ほお、あのときの学生さんが」と、当主の善左衛門は興味を露《あら》わにした。

ご当家の家はたいそう古いと聞き及びましたが、と内藤がたずねると、善左衛門は幾度もうなずき、

「はい。元は出雲《いずも》の出で、遥《はる》か昔にまで遡《さかのぼ》ることができるそうです」

「御厨、というのは神饌《しんせん》を調進する屋舎《おくしや》、の意を持っていますから」

「ほお、そうでしたか。それは知りませなんだ」

「たぶん、例の祭祀も相当に古くから執り行なわれていたはずです」

二人の会話に口を挟むことなく、聞き入っていた那智が突然、「一つお聞きしてよろしいですか」と、低い声でいった。とたんに周囲の温度が数度、低くなった気がした。

「なんなりと。ああそれにしても羨《うらや》ましい。あのころとまったく変わらない美しさだ」

「ありがとうございます。では、とても不躾《ぶしつけ》だとは存じますが」

那智の唇が、怜悧《れいり》な凶器と化そうとするのが、内藤にはわかった。

「御厨老人、あなたはいったいだれですか」

御厨善左衛門が、忌宮が、そして内藤までもが衝撃で、時間の流れを一瞬忘れた。真っ先に変化を示したのは御厨老人だった。額に無数の汗の玉が浮かび、流れ落ちて顎《あご》から滴った。

「面白いことをおっしゃいますな。わたしは御厨善左衛門。他のだれでもない」

「いいえ、違います」といいながら、那智が新聞のコピーをとりだした。

「これはまた……ずいぶんと昔にわたしが書いたものだが」

「ええ。本当のあなたはここにいる。上海の野戦病院で、マラリアで亡くなった男。それがあなたです。いや、こういうべきでしょうか。エッセイに書かれている、マラリアで亡くなった男こそが本当の御厨善左衛門氏であり、あなたはその死を看取《みと》り、善左衛門氏の遺品である飯盒《はんごう》をこの町に届けた人物であると」

「愚かなことを！　なにを根拠にそのような妄想を抱かれたのやら」

那智が有する英知を知り尽くした内藤でさえも、御厨老人の言葉に賛同したい気分であった。いくらなんでも、御厨善左衛門が別人であるはずがない。第一、亡くなった滝川老人の目を誤魔化すことなどできようはずがない。といおうとして、内藤は一つの可能性に思い到った。

「まさか、先生……それって」

「そうだよ。あるいはそもそもの原点は滝川老人にあったのかもしれないね。無論、第一の前提として、本物の御厨善左衛門氏と彼とがよく似た面立ちであったことがあっただろうが」

「でも、どうして」

「それほど御厨家のことを思っていたのだろう。滝川氏は御厨の家が断絶することを、どうしても防ぎたかったんだ」

いい加減にしないかと、二人の会話に御厨老人の罵声《ばせい》が浴びせられた。忌宮はといえば、為《な》す術《すべ》もなく、呆然《ぼうぜん》と成り行きを見守るばかりだ。

「勝手なことをいうのはかまわないが、それならば外でやってくれ。不愉快だ、実に不愉快きわまりない」

「そうですか。ならばお聞きしますが、滝川老人はなぜ殺害されたのですか」

「そんなことは、警察にでも聞くが宜《よろ》しかろう」

「ごもっとも。では」と、那智が忌宮の方を向いた。それ以上の質問を制するように、

「わかっています。あの当時、滝川氏殺害の動機はどうしても見つかりませんでした。氏を悪くいう人が現われなかったのですよ」

忌宮の言葉に、「それは、単なる警察捜査の怠慢だ」と、御厨老人が反論した。

二人のやりとりの間に、内藤はノート型パソコンを用意した。「わかっているじゃないか」と那智にいわれるだけで、愚かといわれようが単純といわれようが、かまわない気分になる。起動スイッチを入れて、CD－ROMをドライブにセットした。

問題のシーンをサーチして、いったん静止させた。

「わたしはこう考えます」と那智がいうと、忌宮と御厨の視線が、パソコンの画面に集中した。

画面の中で滝川が「あの御仁か」とつぶやくと、御厨の表情が滑稽《こっけい》なほど強《こわ》ばるのがわかった。那智の合図で同じシーンを繰り返す。さらに繰り返した。

「もしかしたら、この一言が滝川氏の命を奪う結果になったのではありませんか」

「馬鹿なことを」

「あなたは恐れた。滝川氏の口から、終戦直後の入れ替わりが漏れてしまうことを」

もちろん、と那智は続けた。

軽い老人性認知症を患っていた滝川氏に対して、日頃から危惧《きぐ》を抱いていたとは想像できる。それがあの祭祀の夜、何気なく老人が漏らした一言が引き金となってしまった。

「あなたは、あの一言が『あの御仁が家に来てくれたおかげで』と、続くことを極端に恐れた。このまま認知症が進行すれば、滝川氏は必ず、二人だけの秘密を漏らしてしまうにちがいない。ならば今のうちに、と考えたのでしょう」

「先ほどから幾度もいっている。わたしは御厨善左衛門だ。断じて他の人間などではない」

「そんなことはありません。あなたがご本人ならば、絶対に滝川氏を殺害することはなかった」

「だから！　わたしは殺人など犯してはいない」

「あなたが犯人です。そして」

那智が取り出したのは、内藤が資料室から見つけだした、塚の写真のコピーだった。

これはなんだと思いますか、と那智が問うと、

「いうまでもない、うちの庭の塚ではないか」

「その通りです。人が登っていますね、なにをやっているとお思いですか」

「塚に登って遊んでいるのだろう」

「子供じゃないんですよ。大の大人が塚に登って遊ぶでしょうか」

「そんなことは本人次第だ」

「他にもあります。みんな塚に登って嬉《うれ》しそうに手を振っている」

「それは……」

「この塚、富士塚なんです」

富士塚の原点は富士講に遡《さかのぼ》る。浅間《せんげん》神社の氏子《うじこ》たちが金を貯め、集まって富士山詣《もう》でに出かけるのが富士講の目的である。けれど本物の富士山はあまりに遠い。そこで江戸時代、神社の境内などに塚を造り、それを富士山に見立てたのが富士塚である。

「要するに、富士山の代理品です。けれど登る人にとっては、これは神の御山なのですよ。だからこそこんな風に嬉しそうに手を振っている」

もうおわかりですよね、と那智がいう前に、御厨善左衛門が、いやそう名乗っていた老人が崩れ落ちるように畳に突っ伏した。

「どうなっているのですか、わたしにはさっぱり」と忌宮がいうと、那智が指で内藤に合図を寄越《よこ》すのにうなずき返し、口を開いた。

「つまりですね、この写真は富士塚に登った人々の写真なのですよ。たぶん明治時代の御厨家の主《あるじ》がどこかで聞きつけ、洒落《しゃれ》で塚を造ったのでしょう」

「だとしても、いったいそれが」

説明する前に、内藤はもう一度問題のシーンを再生した。

「塚は富士山です。山頂で神像が燃やされています。そのことを認識してもう一度シーンを見てください」

「そうか滝川氏は、あの御仁《ごじんか》か、といったのではなく」

あの御神火。

御神火とは、火山の噴火に伴ってあがる火や煙のことである。

塚が富士塚であることを知らない人間には「あの御仁か」に聞こえても不思議のない一言ではあるが、

「御厨家に生まれ育ち、塚が富士山の代理品であることを知っている人間は、決して聞き間違えることのない一言」

内藤の言葉に忌宮が頷《うなず》いた。それが合図であったかのように、床にうずくまった老人が、ぽつりぽつりと話しはじめた。

わたしの本名は斉藤保。そこの別嬪《べっぴん》さんがいったように、上海の野戦病院で死んだのが、御厨善左衛門だ。あの男の形見の品を届けると、滝川が思いがけないことを言い出した。ああそうだ。わたしと善左衛門とはどこか風貌《ふうぼう》が似ていた。だからこそ馬が合ったのかもしれないが。滝川はいった。いっそ御厨家の主《あるじ》になってみないか、とな。長く戦地にいたせいで面やつれがひどく、顔かたちまで少し変わったといっても怪しむ者はあるまい。御厨の家が途絶える事態だけは避けねばならん。どうせ天涯孤独の身だったわたしは、この提案を受け入れることにしたんだ。家業については滝川に教わりながら、なんとかこなした。そのうちに家勢もなんとか持ち直し、だれもがわたしを御厨善左衛門だと疑わなくなった。妻もめとった。子供もできた。すべてがうまくいっていたのに、あの滝川が老人性認知症で、あらぬことを口走るようになっていったんだ。あるいは奴の中に後悔の念があったのかもしれん。だがわたしはこの幸せを手放したくなかった。そのためには、滝川に死んでもらうしかなかったんだ。まさかあの塚にそんな由来があったなんて。滝川が教えていてさえくれたなら。

　那智が「一つだけわからないことがある」といった。

　どうして滝川は、明治半ばを最後に長く中断していた例の祭祀《さいし》を、復活させる気になったのだろうか。

　それを聞いて、斉藤老人が自虐的な笑い声をあげた。

「さすがのあんたでもわからぬか。ありゃあなあ、出征前に善左衛門が願をかけたんだ」

「願？　なるほど、そういうことか」

「自分の名前を黒々と神像の背面に書き込んでな。必勝と無事生還を祈願したんだ。おまけにわざわざ血判まで押してあった」

筆跡と指紋、それに血液型。現在ならDNA鑑定も可能だろう。終戦直後であっても、致命的ともいえる証拠であったはずだ。

「それで祭祀《さいし》にこと寄せて、神像を燃やすことを思いついた、か」

祭祀の復活がただ一度だけでは、それを怪しむものがでないとは限らない。三年に一度の祭祀はそれから引き継がれ、やがて滝川の命を奪う引き金となった。

「だが、なあ」といったのは忌宮だった。

「事件はすでに時効。だれも彼を裁くことはできませんよ」

内藤の言葉に、那智がフンと鼻を鳴らした。

「罪を問うことはだれにもできないかもしれないが、彼が御厨善左衛門ではないという事実は、これまただれにも動かすことができない」

それに、と言葉が続いた。

我々は民俗学者であって警察官ではない。あとの始末は、だれかに任せておけばいい話だ。

そういって立ち上がる蓮丈那智を、引き止める者はどこにもいなかった。

大変でしたね、と研究室に戻った那智と内藤に、佐江由美子が熱い珈琲《コーヒー》を淹《い》れてくれた。

「ところで、内藤君。宿題があったはずだが」

「はっ、はい」

物質的な神はどこにいるか。

「しかしですね。神というのは存在そのものがある種の記号でありまして。物質性とはかけ離れた……」

「評価C。佐江君はどう思う」

「たぶん、なにかの物質に形を変えると思います。たとえば神社のお札《ふだ》とか。そうですね、神像などもその例に当てはまるかと」

「さらに訊《たず》ねる。お札はどうなる」

「次のお札をもらうと同時に燃やされます」

二人のやりとりを聞いていた内藤の中に、閃光《せんこう》に似たものが走り抜けた。

「そうか、そもそも神像とは破壊されるために造られるんだ。土偶しかり、お札《ふだ》しかり、みな神の代理として破壊され、そのことで現世の常民に豊穣《ほうじょう》と利益を与える」

言葉にしながら、内藤の中でなにかが違っていると、しきりに囁《ささや》く声が聞こえた。

「あの」と、佐江由美子がいった。

神の代理にはもう一つ、重要な要素がある。

「シャーマンです。神の言葉を告げるだけではなく、時に神の能力さえも受け継ぐことのできるものたち」

「それは……」

「だけれどシャーマンは破壊されないし」

内藤の言葉に「だれがそんなことを決めた」と那智が割り込んだ。

シャーマンには本来生け贄《にえ》的要素が常につきまとう。

「そこに保食神《うけもちのかみ》のイメージを重ね合わせてごらん」

「保食神は殺されることで豊穣をもたらした」

と内藤はいいながら、脳髄の奥の部分でうごめく、なんとも得体の知れないむずがゆさを感じた。もう少しでその正体が知れるであろう予感と、知ってはならないと発せられる警告。その狭間《はざま》にたゆたう内藤に、

「わたし、わかった気がします」と、佐江由美子が一撃をくれた。

世界には今もよく似た儀式をもつ部族がある。勇者の能力を手に入れるためにそれは行なわれるという。

「シャーマンは神の能力を宿した特別な人間です。そして常民がシャーマンの能力、

すなわち神の能力を手に入れるために行なう儀式」

近世に到るまで、飢饉《ききん》の東北地方で同じ行為が繰り返されたというが、それとこれとは根元が違う。

「そういうことか」

「そういうことです」

二人で声を合わせた。

「喫人《きつじん》対象としてのシャーマンの存在」

Aプラス。

那智の声に特別な感情はなかった。

写楽<ruby>しゃらく</ruby>・考<ruby>こう</ruby>

絡繰箱《からくりばこ》当家に伝来せし物也《なり》。一尺三寸四方四枚ノ板にて取り囲み、天板底板取り付けたる仕様也。（略）四方板の一枚に上下開閉ノ仕組み在《あり》。嵌《は》め殺シたるビードロ板にヤヤ湾曲せし歪《ゆが》み在。一方に何物かを取り付けたる痕跡《こんせき》在。内側ヲ墨にて黒く塗りつけたるはかくも面妖為哉《なるかな》。これをもつて何事かの絡繰為さざらむと愚考ス。（略）なれどソノ由来は及ばず取り扱ひの段一切是《これ》不明ニ付余人も箱に触れたる者ハ無シ。猶絡繰箱《なほからくりばこ》ニ洋人画是有《これあり》。べるみーと書かれシ他一切不明。或ヒハ画人の用ヒたる物か。

（式家文書《もんじよ》より抜粋）

1

主《あるじ》なき研究室で内藤三國《ないとうみくに》は、何度目になるのかは数えていないが、読み終えた最新の学会誌を放り出して、無言のままデスクから離れた。研究室入り口近くに置かれた珈琲《コーヒー》メーカーに向かい、生豆をセットする。先月、那智《なち》がポケットマネーで購入した代物で、生豆を自動的に焙煎《ばいせん》、粉砕し、三十分ほどで煎《い》りたて・挽《ひ》きたて・淹《い》れたての三拍子揃った最上級珈琲を供してくれる。

極上のアロマで鼻腔《びこう》を満たしながらも、内藤は引き締めたままの表情を解くことができなかった。

「何者だ、式直男《しきすなお》とは」

同じ言葉を幾度かつぶやいたが、その次に唇から漏れるのは、やるせないため息ばかりだった。

「内藤さんがそんな表情をするのは、決まってなにか事件が起きる予兆なんですよね」

資料調べから戻ってきた佐江由美子《さえゆみこ》の言葉に、いつもならば軽口のひとつも返す内藤だが、この日はそうする気にすらなれなかった。

「どうしたんです？　浮かない顔をして」

「大丈夫。ちょっとね、ちょっとだけ打ちのめされただけです」

「打たれ強さが身上の内藤さんが、ですか」

「ははは、反論する気にもなれやしない」

そういって内藤は、デスクの上に置いた学会誌を佐江由美子に手渡した。

「式直男《しきすなお》って人の論文が掲載されているだろう」

「ああ、あった。『仮想民俗学序説』って……いったいなんですか、これは」

「読んでごらん。すべてはそれからだ」

蓮丈那智《れんじょうなち》ほどではないが、佐江由美子もまた相当の読書能力を有している。約十ページに及ぶ論文を二十分ほどで読み終えると、その表情がなんとも形容しがたいものに変わった。驚愕《きょうがく》、嫉妬《しっと》、困惑、呆然《ぼうぜん》、そうした感情の全てが綯《な》い交ぜになって、混沌《こんとん》としかいいようのない目つきになった。

「驚いたでしょう」

「どんな思考経路を駆使したら、こんなアプローチを思いつくことができるのですか」

同じ芸当が許されているのは、この研究室の主以外には考えられないと、その目が問わず語りしている。内藤もまったく同意見であった。

「しかも序説、ときているからいやになります」

「もちろん、ここで示されているのは、あくまでも思考方法の流れでしかない」

「そこから実証を試みなければ、ただの言葉遊びですからね」

「そう、まさしく遊びだよ。式直男は民俗学という道具をフルに活用して、壮大な遊びを試みようとしているんだ」

民俗学は答えのない学問である。研究者の数だけアプローチが存在するし、説は説として議論されることはあっても、その先に着地点はない。明らかな誤りがないかぎり、研究者の立てた学説は、別の研究者に引き継がれ、変質し、そしてまた違った説を生みだしてゆく。その点のみを抽出するなら、式直男が発表した「仮想民俗学序説」もまた、ひとつの成果として受け入れられるべきものであろう。

――だがこれは……あまりに危険すぎる。那智先生が生みだす奇想以上に！

民俗学とは、残された事象について考察を行なうことを基本としている。民話・伝承しかり、神話しかり、古文書、祭祀《さいし》、習俗、古民具、あらゆる事象から過去へとその根元に向かって旅する学問と言い換えてもよい。自らの日常生活を問い、どのような経緯を経て現在に到ったのかを、己の言葉で考察するという基本は、厳然として存在する。

だがアプローチはそれだけではない、と式直男は説く。そして解く。残された事象そのものを根元とし、そこから仮想の手法と論理的思考方法を用いてまったく新しい進化の道筋を立てることは可能ではないか。

たとえば、と「マレビト」を彼は取り上げ論じている。

ある学者は、異界との境界線を越えてやってくる彼らこそは、内部社会の秩序を維持するための装置であると説く。内部の秩序を維持するためには常に外部を意識し、比較対照することが、必要なのだと。だが、それはひとつの説であって事実ではない。もしも「マレビト」について別の進化と変化の過程を与えてやることが可能ならば、全く別の社会を想定することができるのではないか。そこから現代のフィールドワークに結びつけ、まったく違った系統のマレビト形成を可能にした集団を割り出す。

まさしく仮想民俗学である。

「まったく新しい考え方ですね」

「と、簡単にいうけれどねえ」

新たなファクター《ファクター》といっても、その可能性は無限にある。ほんの小さな事件ひとつがその後の世界観まで変えてしまうことだって、珍しくはない。

「歴史にホワット・イフはあり得ない。そして民俗学が未《いま》だ歴史学のひとつのジャンルであるということは……わかるよね」

「民俗学にもホワット・イフは存在しない」

「けれど式直男は、堂々とそれを考察すべきだといっているんだ」

「異端の考えですねえ」

「異端なんて生やさしいものじゃない。これは学界への反逆だよ」

「それにしても、式直男ってだれなんでしょう」

「編集部にも問い合わせてみたけれどね」

その素性について判明したことはなにひとつなかった。その名をこれまで見聞きしたことがなかったことから、ペンネームであろうことは容易に想像できた。学者とは不可思議な人種で、自ら唱《とな》える説とまったくベクトルを異にする説を、ふいに創出してしまうことがままある。そんなとき、用いられるのが仮名である。

「おまけにこの雑誌は、素人の珍説を簡単に取り上げてくれるほど、心優しくはない」

「編集部は式直男の氏素性を知ったうえで、掲載したと？」

「それは間違いないね」

しかも、と内藤は続けた。三十年以上の歴史を持つ編集部はどちらかといえば保守的で、革新的な新説を受け入れる懐《ふところ》の深さがあるとも思えなかった。

「だとしたら、結論はひとつしかありませんね」

ふいに佐江由美子が、悪戯《いたずら》を見とがめる年上女性の目つきになった。

式直男はリベラルとは対極にある学会誌編集部でさえも、その説を掲載せざるを得ないほどの実績を有する研究者である。なおかつ彼は学界に平然と反旗を翻すだけの、下手をすれば蛮勇《ばんゆう》と取られかねない反骨の精神を持ち合わせている。

条件を指折り数えて、

「そんなことができる人間を、わたしも内藤さんも一人しか知らない」

「たしかに……そうだが」

「つまり式直男氏の正体は、蓮丈那智その人以外にはあり得ない」

と、佐江由美子が断定した。

「それはないと思うよ」

「どうして？」

「那智先生ならば、ペンネームを使うような真似は絶対にしない」

「それは……あまりに異端の学説だから」

「それでも蓮丈那智名義で説を発表するのが、あの人の流儀だ。第一、文体がまるで違う」

内藤の反証に、由美子が黙って頷《うなず》いた。

さらにいえば、式直男の「仮想民俗学序説」は、奇妙な文書の抜粋で締めくくられている。《式家文書《しきけもんじょ》》とあるが、その出所すら明かしていないのは、論文としてひどく安定を欠いてはいないか。

「つまり式直男氏は、この古い文書を用いて、仮想民俗学の証明を行なう予定なのかしら」

「そうとしか考えられないね。式直男と式家文書。どうやら式直男というのも、まんざらでたらめなペンネームではなさそうだ」

「式家の関係者でしょうか」

「たぶんね。さらに気になることがひとつある」

「四国に出かけている、那智先生のことですか」

「なんだかなあ。この雑誌が届いたのが先週の木曜日だった」

四国にフィールドワークに出かけてくる、あとはよろしくとひとこと言い残して、蓮丈那智が研究室から出ていったのはその翌日金曜日だった。彼女が気ままにフィールドワークに出かけるのは今に始まったことではないが、その行動が今回に限っていかにも唐突な気がしてならなかった。

あれから四日目の今日は火曜日。那智からはなんの連絡もない。

「でも内藤さんの説によれば、式直男は蓮丈那智ではあり得ないと」

「だからよけいに気になるんだ」

「式直男氏の提唱する仮想民俗学に触発され、那智先生がなんらかの行動を起こしたとすると、あるいは先生までもが学界の逆鱗《げきりん》に触れやしないか、心配しているのですか」

「ついでにぼくや佐江君まで巻き込まれやしないか、とね」

「だからこそ先生は、なにもいわずにフィールドワークに旅立ったのでしょうか」

そうじゃない。そんなことを毛ほども気にする人ではない。立ちふさがるものを薙《な》ぎ払うのに必要とあらば、助手はおろか、教務部主任であろうが学長であろうが、そこに及ぶかもしれない累《るい》のことなど一切考えずに行動するのが、蓮丈那智である。とまではさすがに口にすることができなかった。

——酷《ひど》い現実に直面するには、君は若すぎる。そして純粋すぎる。

佐江由美子の若さを思い、純粋さを思いながら、同時に那智という異端の民俗学者に関わったことでそうしたものとは対極の世界に染まりきった我が身を省みて、内藤は再び大きなため息をついた。

「とにかく祈ろう、那智エマージェンシーコールがかからないことを」

「少しだけ、期待していたりして」

「ありません、そんなことは。絶対に！」

微《かす》かな戦慄《せんりつ》の予感とともに抱いた内藤の祈りが、佐江由美子の予言どおり儚《はかな》いうたかたと化したのは三日後のことだった。

飛行機と特急列車、それに在来線各駅停車の普通列車、さらに一日に二便しかないバスを乗り継いで内藤と由美子がK村に到着したのは、土曜日の午後六時過ぎのことだった。それぞれのモバイルコンピュータに「至急　那智」というメッセージとともに集合場所が送信され、可能な限り時間を切りつめて到着したものの、当然のことながら蓮丈那智の口からねぎらいのひとことはない。

宿に到着すると、荷物を解くまもなく「行くよ」と、那智の声が凛《りん》と響き渡った。

「待ってください。我々にはなにがなんだか」

「どこへ行くのですか、これから」

と、内藤と由美子がほぼ同時に発した問いにも、「決まっているじゃないか」と素っ気ない言葉が返ってきたのみであった。

「もしかしたら……あのですね。我々がこれから向かおうとしているのは式家ですか」

「うん。例の文書の実物を見せてくれるそうだ」

「ということは」と、内藤は半分泣き声になりそうなのをようやくこらえて、最後の反論を必死に試みた。

もしかしたら先生は、例の論文に関するフィールドワークを試みようとしているのではないでしょうね。それはいけません。仮想民俗学ですか、あれは絶対に手をつけてはならないジャンルです。いくら先生でも、あんなものに手を染めたら、それこそ学界から総すかんを食らってしまいます。総すかんですよ、わかっているのですか。先生は民俗学という広大無辺の海に漕《こ》ぎいでし航海者です。いや、船そのものです。しかもだれもが解き得なかった封印を解き放つ鍵《かぎ》を、その灰色の脳細胞にいくつも有しています。それがすべて灰燼《かいじん》に帰《き》してしまうかもしれないのですよ。なにより、先生という船を失ってしまえば、ぼくも佐江君も民俗学の大海に沈んでしまうんです。ぶくぶくぶくっと、沈んじゃうんですよ。

必死にかき口説く内藤の耳朶《じだ》に、那智の唇が押し当てられた。

「ミクニ」と、那智が囁《ささや》くと、ほとんど条件反射のように内藤は立ち竦《すく》むしかなかった。

「……………あの」

「ある研究者はいった。民俗学には未来はない、と。けれどわたしはそうは思わないんだ。新たな思考の経路を開削《かいさく》し、そして新鮮な水脈を与えてやることで、この学問はまだ発展することができる」

「けれど学界の古老たちは」

「年寄りの戯言《ざれごと》など放っておくがいいさ。どうせ彼らの命数など先が見えている」

そう言い放って歩きだす那智の背中を、内藤も由美子も親を失ったかのような童子の如く、追いかけていった。


古い文書を所持するくらいであるから、式家とはさぞ古色蒼然《こしょくそうぜん》としたたたずまいの屋敷にちがいあるまいという内藤の予測は見事なまでに裏切られた。たしかに古色は古色だが、明治初期の様式を忠実に維持する西洋建築が、そこにはあった。周囲に人家がほとんど見あたらないこともあって、式家の建物は荒野に屹立《きつりつ》する古城のように見えた。

「ネオ・ゴチックでしょうか」

「中東あたりのサラセン様式も少し混じっているようだ」

「だとすると……まさかジョサイア・コンドルの設計じゃないでしょうね」

「彼が四国の建築物を設計したという話は、聞いたことがないが」

玄関でこれまた充分に時代を感じさせる呼び鈴を鳴らし、応答を待つあいだ内藤と由美子は話し合ったが、那智はよほど興味がないのかまっすぐに樫《かし》の扉を見つめたままだった。

五分、十分。応答はない。

「おかしいな、あらかじめ来訪を告げておいたのだが」

「なにか、不測の事態でも発生したのでしょうか」

内藤がいうと、それには答えずに那智が上着のポケットから携帯電話を取り出した。

電話番号は伝えてある。なにかあれば連絡を寄越《よこ》すはずだと、その目が告げている。

さらに二十分。三人は玄関先で待ったが、屋敷内からはなんの反応もなかった。

「こちらに御用ですかな」と、ふいに背後から声をかけられた。

振り返ると、上下のスーツを着込んだ、しかしどのような人種であるかが一目瞭然《いちもくりようぜん》の二人組が立っている。次の瞬間、男の片方が内ポケットから取り出した手帳を見て、
内藤は我が身に宿った観察眼を確信し、半ば呪った。

――また、この展開か、まったく！

果たして呪われし運命に翻弄《ほんろう》されているのは蓮丈那智か、それとも吾《われ》か。フィールドワークの先々でトラブルに巻き込まれるのは、二人が共有する宿命なのだろうか。

「東京の大学に籍を置く研究者です」

那智が差し出す名刺を受け取ると、年輩の私服警察官は珍しいものでも受け取ったかのように、名刺と那智とを見比べた。

「大学の先生ですか、これは珍しい」

「ええ。式家に伝わる古い文書を見せてもらうためにやってまいりました。この二人

はわたしの研究室の助手です」

「お約束ですか」

「三日前の水曜日に電話を差し上げました。そのとき御当主の式直男氏から快諾をいただいたので」

那智がそういうと、二人の警察官は顔を見合わせ、急に厳しい表情となった。それ以上に驚いたのは内藤だった。佐江由美子を見ると、己とまったく同じ衝撃を受けていることは、その見開かれたまなこからも明らかだった。思わず開きかけた唇を、那智の左手が出した小さなサインによってようやく抑えた。幸いなことに那智を凝視したままの二人の警察官は、気づかなかったようだ。

「本当に式直男氏でしたか」

「本当にといわれても、わたしは式氏とは面識がありません。電話をかけたのも、あのときが初めてでしたから。ただ、わたしのかけた電話に出た人物はたしかに、自分が当主の式直男であるといいましたよ」

「電話をかけた時間を覚えておいでですね」

「もちろん。午後八時を少しまわっていました」

すると、警察官の表情がさらに険しくなった。

2

宿に戻り、食事を終えても那智の唇は閉じたまま、なにごとも語ろうとはしなかった。携帯用のステンレスボトルに詰めたマラッカジンと、ノイリー・プラットのベルモットをロックグラスに注いで、口に運ぶのみだ。ときおりふかすメンソール煙草の煙と、マラッカジン特有の芳香が部屋に充満している。

「先生！」

「しばらく黙っていてくれないか。考えをまとめたい」

そういわれてしまえば、内藤に返す言葉などあろう筈《はず》がなかった。

佐江由美子にアイコンタクトを送り、内藤は表に出ようと誘った。

十二月だというのに、さすがに四国の気候は温暖で、浴衣《ゆかた》に薄い綿入れをひっかけただけでもあまり寒さを感じなかった。

「冬は星がきれいだ。特にカシオペアが」

「本当。久しぶりです、こんなにたくさんの星を見るのは」

「今にも降り注ぎそうですねえ、星の降る夜」

そういいながら内藤は、奇妙な違和感を覚えていた。内藤三國二十九歳。佐江由美子二十五歳。若い二人が冬の夜空を見上げ、満天の星に感激しながら会話を交わすというのは、ごく自然の成り行きではないだろうか。にもかかわらず、この不自然さはどう言い表わしたものか。まったく同じことを感じたのか、

「似合いませんねえ、わたしたちにこんな会話」

「悲しいことですが、激しく同意するしかありません」

「事件の話、しましょうか」

内藤は、佐江由美子の提案に従うしかなかった。


警察官の説明によれば、式家の屋敷に住んでいるのは当主の式直男《しきすなお》ただ一人。近くの農家の中年女性が週に一度、掃除のために通ってくるが、それ以外はほとんど人の出入りはなかったという。ただ、隣町に住む姪《めい》にあたる女性が、直男が六十九歳という高齢であることを心配して、毎日午後六時に電話連絡を入れていた。その姪から、昨夜電話連絡をしたにもかかわらず、直男が出ない、なにかあったのではないかと警察に連絡があったのが木曜日の午前九時のことだった。式直男が地元の名士であることから、近くの駐在がすぐに屋敷に向かったが、特に怪しい様子はなかったらしい。駐在は裏庭に回って窓ガラスからリビングその他の部屋をのぞき見たが、なんら異変はなかったと報告している。

広い屋敷に一人暮らしというと、偏屈な老人を想像しがちだが、式直男の人物像はまったく違っていた。屋敷に人の出入りがほとんどなかっただけであって、天気のよい日には散歩もするし、近所とも気さくに挨拶《あいさつ》を交わす。それが趣味なのか、たまには村のあちこちで画帳を広げ、スケッチをする姿も目撃されている。旅行が好きで、しばしば一人旅にも出かけたようだ。そうした事実もあって警察は事件性を認めず、外出して家にいない、単なる不在だと判断した。気ままな一人暮らしの裕福な老人が、吹き来る風に誘われて旅に出たのだろうと、高を括《くく》っていたのだ。

納得しないのが姪の若槻涼子《わかつきりょうこ》だった。叔父《おじ》は自分になにも告げずに旅に出たことはない。必ずひとこと電話連絡を寄越すのが常だった。そうしなければ、午後六時の定期連絡を入れる自分が心配するからだ。これは尋常ならざる事態が叔父の身に降りかかったに違いない。どうかもっと詳しく調べて欲しい。

今年二十五歳になる涼子の若さは、あまりに一途《いちず》で、そして本気だった。式一族の遠縁にあたる人物が県警幹部であることをフルに活用し、地元警察署を強引に動かしたのである。その意を受け、やってきたのが所轄署一係の古畑と藤村だった。

例の二人組の警察官だ。

「驚きました、式家の当主が式直男だったなんて」

「まさか本名とは、ね」

「結局、那智先生のひとことが事件性を一気に高めてしまいましたね」

「若槻涼子が式邸に電話を入れたのが水曜日の午後六時。この時点で式直男は電話に出なかった」

あるいはトイレにでも入っているかと思った涼子は、さらに三十分おきに三度、電話をかけている。

「そして那智先生が電話をかけたのが同じ日の午後八時過ぎだ」

「そのとき式直男を名乗る男性が電話口に出た、そうですよね、内藤さん」

「彼は式直男本人であったのか、なかったのか。それが問題だ」

式直男はどこに消えたのか。そしてなぜ消えたのか。単純な失踪《しっそう》事件なのか。それとも彼の身に予期せぬ災難が降りかかったのか。

佐江由美子がいつの間に取り出したのか、細身のメンソール煙草に火をつけた。そんな仕草までもが最近は、那智に似てきたようで内藤にはまぶしかった。

「那智先生の電話に出たのが、別人であったと仮定します」

「最近では相手の電話番号を表示する機能は当たり前だから」

「ええ、姪の若槻涼子さんがかけた電話と、それ以外の人間がかけた電話は事前に判別することができるわけです」

でも、と紫煙を細く吐き出しながら由美子が続けた。

仮に第三者が式直男になりすましたかったとして、なぜそんなことをする必要があったのかしら。彼が涼子さんの電話番号を知る人間ならば、彼女が定期的に電話をかけてくることくらい知っていてもおかしくはない。定時の六時に電話に出なかった式直男氏が、午後八時にかけてきた別のだれかの電話に出ていたとすれば、周囲が怪しむのは目に見えているじゃありませんか。なぜそんな危険を冒したのでしょう。

由美子の問いはもっともだった。

現に二人の警察官は、那智の証言から事件の匂いを嗅《か》ぎ取ったようだ。明日からでも本格的な捜査に乗り出す口振りであったことを、内藤は思い出した。

「ぼくはね、佐江君。やはり今回の一件にも例の論文が絡んでいる気がするんだよ」

「……仮想民俗学、ですか」

「あまりにもタイミングがよすぎるというか、悪すぎるというか」

「あの論文がすべての引き金になった？」

「考えすぎだろうかねえ」

内藤がそういうと、由美子が何事かを抱え込むように両の腕を胸のところで組んだ。そのまま塑像《そぞう》と化して約五分。恐ろしく長く感じられた沈黙の後、

「そもそも民俗学とはバーチャルなものではないでしょうか」

由美子の唇が意外な言葉を吐き出した。

「なにを言いだすんだ、キミまで！」

「だってそうでしょう。我々は常に仮想作業の中で研究を進めているじゃありませんか。いや、民俗学が研究対象にしている事象でさえも、多くの仮想現実を抱えている気がします」

たとえばといいながら、由美子が新たな煙草に火をつけた。

わたしたちは民間伝承や習俗に対して、しばしば記号化という作業を試みるじゃありませんか。記号化したうえでの同一性を論議し、差異によって根元の相違を判断します。これこそは事象の仮想化に他ならない気がします。たしか、近畿関東に多いとされますが、島根県の某地方にも、遺体そのものを埋葬する「埋め墓」と、日常的に祖先を偲《しの》んでお参りするための「拝み墓」があると聞いています。同じ考え方は「仏壇」という形で全国に普及しているとは思いませんか。これは明らかに死者を埋葬した墓所を仮想化して、身辺においておくという発想に他なりません。

由美子の舌鋒《ぜっぽう》の鋭さに、内藤は舌を巻く思いがした。それどころか、由美子の背後に憑依《ひょうい》する蓮丈那智の姿をはっきりと見た気さえした。

「しかしね、佐江君」

「わたしには、仮想民俗学という考え方、間違っていないように思えてきたんです」

「それは違う。たしかにキミの意見にも一理はあるが」

なにかが違うのだと言葉を続けたかったが、内藤には己の思考を系統立てて説明するための語句がどうしても思い浮かばなかった。それは自ら学究の徒としての未熟さを露呈することに他ならない。我知らずのうちに嚙《か》みしめた唇の端に、微《かす》かに血の味を確認した。

翌朝。七時にセットした腕時計のアラームに起こされ、宿の食堂に向かうとすでに那智も由美子も朝食を済ませたあとだった。半ば夢の世界に置き去りにしたままのまなこで見る二人の姿が一瞬重なって、また分離した。

「どうした、瞼《まぶた》が腫《は》れているようだが」

那智が珈琲《コーヒー》カップ片手にいった。

ちょっとした悪夢を見たんです。那智先生が二人に増殖して、ぼくを責め立てる夢です。とはいえずに、内藤は無言のまま用意された朝食を食べはじめた。

「ところで内藤君。今日の予定は」

「あるはずがないじゃないですか。急に呼び出され、学内の仕事を放り出して駆けつけたんですから」

「もっともだ。今朝早くに若槻涼子という女性から連絡があった。わたしたちに会いたいそうだ」

「それよりも先生、なにがどうなっているのか、ぼくにはさっぱり」

式直男とはいかなる人物なのか。在野の研究者としては無名の彼が、どうして学会誌に論文を発表することができたのか。

「あんがい先生は、そこのところの事情を、ご存じなんじゃありませんか」

「ま、それはね、おいおい説明するとして」

「そうやって、人をはぐらかす」

「趣味ではぐらかしているわけじゃない。理由があるんだよ、今はいえないが」

ぴしゃりと会話の戸を閉じられたようで、内藤は再び茶碗《ちゃわん》の飯を黙々と口に運ぶしかなかった。

「音……だな」

だれに聞かせるでもない口調で漏らした那智の言葉が、その場の空気を一変させた。本人にはなんらその気がないのだろうが、異端の民俗学者が吐き出した言葉が、そうした効果をもたらすことは少なくない。

「なんですか、音って」

問うたのは由美子だった。同じ言葉を吐き出そうとして、口内の米粒の存在感の大きさに気づいた内藤は、まるごとそれを飲み込んだ。

「音がしたんだよ。式直男氏に電話をしたときにね」

「不審な物音かなにかですか」

直感的に内藤は、

——転送電話の音だ！

転送電話を使用すると、転送先に切り替える際に微《かす》かな雑音が入ると、なにかの本で読んだ覚えがあった。急いで口内の食物を咀嚼《そしやく》し、食道へと送り込んでから、

「犯人は転送電話を使ったのですよ」

もちろん、式直男氏がまだ生きていることを第三者に証明させるためにというと、那智がこれまで見せたことのない表情で、考え込みはじめた。その細い指が、自らの額をこつこつと打つ。眉間《みけん》のあたりを指でひねる仕草が、記憶の扉をこじ開けるのに、必死になっているようにも見えた。

「そう……かもしれない。だがそうでない気もするんだ」

「若槻涼子に会うのでしょう。だったら屋敷の中を見せてもらいましょうよ」

屋敷内の電話に転送装置は設置されているか否《いな》か。もし第三者が外部から持ち込んで設置したものならば、その痕跡《こんせき》が必ず残っているはずだ。

那智との会話に、「あの」と由美子がひどくすまなそうな声で割り込んできた。

「たぶんなにもわからないと思いますけど」

「どうして」

「たぶん……内藤さんがいっているのはひどく旧式の転送装置のことだと思うんです」

「どういう意味？」

「今の電話はほとんど転送機能が内蔵されていますよ。転送時に雑音がすることもありませんし、セットの仕方は簡単で、もちろん解除もいくつかのキー操作で可能です」

　つまりはなんの痕跡も残すことなく転送は可能で、屋敷を調べたところでそれを証明することはできないのではないか。

「そっ、そうなんですか」

「内藤さん、ご自宅の電話機はいつ頃の機種ですか」

「学生時代に購入したものをそのまま使っているけど。でも断じて黒電話じゃありませんよ。プッシュホンです。もちろん回線も」

　正当性を主張するために、必死に弁明を試みながら、

　──そういえば。

　転送装置の雑音云々《うんぬん》を読んだのは、今から二十年近く前に書かれた国産ミステリであったことを思い出して、内藤の高揚感は無惨にうち砕かれた。さらに、

「転送電話には意味がない。若槻涼子からの電話まで転送されては、某氏の計画は意

味をなさなくなる」

那智のひとことが、追い打ちをかけた。

「じゃあ、なんの音だったのですか」

「ほんの一瞬なんだ。それが聞こえたのは。しかも会話の最中じゃない」

「というと」

「強いていうなら、受話器を取り上げたまさにその瞬間。なにかがぶつかり合うような音がたしかに聞こえた。ちょうど内藤君が研究室で」

そういった次の瞬間、那智の両目に全く別の光が宿った。いや、奔《はし》り抜けたというべきか。そして酷薄そうな薄い唇に、笑みが浮かんだ。

「なるほどね。だから彼は電話に出ざるを得なかったんだ」

そういったまま那智は笑うばかりで、それ以上の説明をすることはなかった。ただその脳細胞が民俗学上の難題を解き明かす際に等しく、最大限に回転しはじめたことだけは明らかだった。

若槻涼子が宿を訪ねてきたのは、その日の午後だった。宿の玄関に立つ涼子の姿を見て、内藤は思わず息を呑《の》んだ。蓮丈那智もモンゴロイドとはかけ離れた容貌《ようぼう》の持ち主だが、若槻涼子はそれをはるかにしのいでいた。顔の彫りが深く、黒い瞳《ひとみ》が奇異に思えるほどだ。しかもそこには何事にも動じない力が感じられる。

——三人目の那智先生？　まさかね。

よほど物怖《ものお》じしない性格なのか、初対面の那智を前にしてもその表情に緊張の色は見られなかった。

「先生は、水曜日の午後八時に叔父《おじ》と電話で話をされたそうですね」

「式直男《しきすなお》氏本人であったかどうかはわかりません」

と、那智が警察官に語った言葉をそのまま繰り返した。

「では改めておたずねします。東京で民俗学を研究されている先生が、叔父になんの用がおありだったのでしょうか」

「もちろん、研究上の必要があったからです」

「叔父と民俗学ですか。それはいかにも奇妙な取り合わせですね」

「氏は、民俗学に興味がなかったと？」

「そのような話を聞いたことはありません」

冷え冷えとした二人のやりとりが、真剣を持った武人の立ち合いに思えて、内藤も由美子も言葉を挟むことができなかった。

那智がバッグからB5サイズの冊子を取り出した。式直男の論文が掲載された学会誌である。那智が指し示す箇所を走り読みした若槻涼子の表情が見る間に変わり、

「こんな馬鹿な！」

といったきり、言葉が続かなかった。

3

式邸から、なんらかの事件性を見いだすことが出来はしないか。微かな血痕《けっこん》は残されていないか。不審者の毛髪はないか。争った痕跡はないか。警察による徹底した捜査が行なわれた後、内藤らが式邸に招かれたのはそれから三日を経てからだった。

「本当にあの論文を書いたのは、叔父だったのでしょうか」

紅茶を用意しながら若槻涼子がいった。一目でそれとわかる高級ボーンチャイナのティーポットから、カップへと注ぐ手つきは優雅といってよいほどで、式直男失踪《しっそう》という事実さえなければ、名家で催される午後の茶会に見えたかもしれない。

「それはさておき」と、那智がいって、四十平米《へいべい》ほどのリビングを歩き回った。さりげなく置かれた調度品にも充分すぎる年代が刻み込まれ、骨董《こっとう》商が見たら舌なめずりして目利《めき》きにかかるのではと、内藤は思った。四方の壁にはそれぞれに油絵が掛けられている。

「この絵は……すべて式氏が描かれたものですか」

「いいえ、叔父が描いたものは一点だけです」

涼子が那智の問いに答えると、庭に面した窓と反対側の壁を指さした。絵についてはまったく疎い内藤だが、それでも涼子が指さした絵が庭の風景を正確に写したものであること、他の絵に比べるとかなりの小品であることは理解できた。

「警察の見解は、どうなりました」

「事件を指し示す痕跡はなにひとつ見つからなかった、と」

「そうですか」

「単なる失踪と、いわれました」

「事件性がなければ、家出と判断する。警察にはありがちなことです」

涼子本人も警察からかなり突っ込んだ事情を聞かれたという。

家からなにかなくなっているものはないか。だれかと諍《いさか》いを起こしたという話は聞いていないか。式直男を恨んでいる人物は。

「でも、叔父は温厚な性格で、人から恨まれるなんて考えられません」

「家からなくなったものは」

「それが」

式直男が書斎として使っていた部屋に、大きな旧式の金庫がある。警察の調べによると、こじ開けられた痕跡は皆無だった。開錠のためのナンバー及び、鍵《かぎ》の所在を知っていた涼子が警察官立ち会いのもとで中を調べたが、土地建物の権利書、預金通帳、印鑑、有価証券に到るまで失われたものはなにもなかった。さらに現金二千万円あまりにも手がつけられていなかったことがわかり、「警察は急に興味を失ったようです」と、涼子はいった。

「物盗《ものと》りの線が消えた、というわけか」

「いい加減なものですね。他にも事件が起きていることはわかりますけど、人一人が消えたのに、おざなりの捜査だけですませてしまうなんて」

一応は継続捜査が行なわれることになったといいながら、涼子の口調には不満の色がありありと滲《にじ》んでいる。

「単なる失踪……本当にそんなものがこの世に存在するかな」

内藤がいうと、涼子は大きく頷《うなず》いた。

「それにしても、見事なお屋敷ですね」

といったのは由美子だった。

邸《やしき》が建築されたのは明治の半ば。横浜で事務所を開く技師に設計を依頼し、煉瓦《れんが》をはじめとする資材は全てイギリスからの輸入品でまかなったという。現在の金額に換算すると億に近い資金が投入されたらしい。

「よほどの資産家だったのですね」

「叔父《おじ》の曾祖父《そうそふ》が海運業で莫大《ばくだい》な富を得たと、聞いております」

資産は資産を生んで今に至る。その間に清国《しんこく》やロシアとの戦争、さらには第一次世界大戦、第二次世界大戦と、海運業に大打撃を与える事件が数多くあったにもかかわらず、その度に当主の天才的な資金運用の手腕によって、式家の財産は目減りすることなく、むしろ増えていったのだと、涼子は説明した。

「だから叔父は、若いころから働いたことがなかったそうです」

「それは凄《すご》いな」

内藤には、まったく理解できない世界の寓話《ぐうわ》のように思えた。

一度として結婚をしたこともなく、したがって莫大な資産を残すべき子供もいない。こんな人間が許されてよいものか。自分が世間にできる罪の償い、すなわちそれはあぶく銭を遣いまくることだ。

「それが叔父の口癖でした」

「だから、金庫にいつも二千万円もの大金を」

「たとえばあの絵ですけれど」

そういって涼子は応接セットが置かれた側の壁に掛かった油絵を指さし、だれもが中学の美術の教科書で知り得る画家の名前を口にした。

「画商が千八百万円の値で持ち込んだものを、即金で買い取ったそうです」

「千八百万！　絵の世界のことはまるで疎いのですが……それだけの金額を支払うのであれば、普通は鑑定にかけるのではありませんか」

「その必要はなかったようですね」

「どうして！」

「信用できる画廊が持ち込んだものですし。それに叔父に贋作《がんさく》など売りつけて二度と商売ができなくなる方が、よほど損得勘定が合わないじゃありませんか」

聞けば若槻涼子もまた、その恩恵を受ける一人だった。地元新聞に小さなコラム欄をもっていることから「コラムニスト」と名乗ってはいるが、

「半ば、遊びのようなものです」

と当たり前のようにいう。生活のすべては叔父からの援助によって成り立っているらしい。

「ちょっとだけ、腹が立ってきたんですけど」

涼子に聞こえぬように、隣に座る佐江由美子に囁《ささや》くと、同意見ですと頷いた。そしてその口から、

「他にご親族は」

と問いが発せられると、涼子の首が横に振られた。

「もしかしたら、それってものすごく面白くない状況にありませんか」

「どうしてでしょう」

「お話を聞く限りにおいて、あなたは式氏の莫大な資産を受け継ぐ立場にあります。もし、氏が事件に巻き込まれたとすると」

あまりに恵まれた生活環境に多少の反感を抱きつつも、由美子にはそれから先の言葉をつなぐことができなかったようだ。

事件と動機。その因果関係を考えるなら、涼子こそが最も重要な参考人に位置づけられても、不思議はない。そのことに思いが至ったのか、若槻涼子の顔色がはっきりと変わった。だが那智の、

「そんなことはあり得ないよ」

という一言が、場の空気を変え、涼子の顔色を元に戻した。どうやら涼子も那智の尋常ならざる能力に理解を示しつつあるらしい。その言葉には、日本に古来より伝わる「言霊《ことだま》」に近い能力が秘められていることに。

「もちろん、わたしが叔父に危害を加えるなんて、あり得ません」

「そんなことはわかりきっている。氏が酷《ひど》い形で発見されているならば話は別だが、今は失踪扱いされているんだ」

家庭裁判所が、式直男の死亡宣言でもある失踪宣告を下すまでには相当の時間を必要とする。その間遺産の相続は認められないから、逆に若槻涼子は生活に窮すること

になる。

「彼女にとって今必要なのは、式氏が早く発見されることだ」

それくらいのことは、いくら地元警察署が無能でもわかりそうなものだと続けると、涼子の表情に明るさが戻った。

「ところで、式氏の絵画コレクションは他にも？」

「ええ、書斎の隣が収蔵庫になっています。ああ、叔父は几帳面《きちょうめん》な性格で購入したコレクションは全て目録に記録してありましたから、紛失した作品がないことは確認済みです」

「ときには、居間の絵画を掛け替えたりするのだろうか」

「叔父にはアンティーク家具を買い集める趣味もありましたから、その具合によっては」

那智と涼子のやりとりを聞きながら改めて室内に目を遣《や》ると、調度品ばかりではない。そこここに並べられた陶器、磁器、小道具に到るまで、安価な市販品とはとても思えぬ逸品ばかりが揃えられていることに内藤は気づいた。巧みな細工の施された洋酒棚もまた然《しか》りで、その上に置かれた電話機のみが奇妙に真新しく、ひどく異質の存在に思えた。そっと近づき、いくつかの機能ボタンが並ぶパネルを見ると、たしかに「転送先」と書かれたものがある。これを操作すれば、任意の転送先をセットできるのだろう。

ささやかな希望の種子さえも摘み取られたような気がして、内藤はそのまま席に戻った。

「アンティーク家具の収集ですか。ならば部屋の模様替えもときには？」

「そうですねえ。季節ごとにやっていたようです。出入りの骨董《こっとう》業者がアルバイトを雇ってよく来ていましたから」

那智の問いに、「たとえば」と涼子が先ほどの式直男直筆の絵画を指さした。

「あれなどは数ヶ月前まではもう五十センチほど下、床寄りに掛かっていたはずですが、新たに買い入れた姿見の都合で、あの位置にずらしたものではないかしら」

その言葉に那智の眉《まゆ》が微《かす》かに反応した。

「失礼だが、今のお話だと、あなたは数ヶ月のあいだ、この屋敷を訪問していないように聞こえるのだが」

「ええ。叔父は決して頑迷でも偏屈でもありませんが、一人暮らしをこよなく愛しておりました。陽気な孤高を楽しんでいた、という言葉がぴったりと当てはまるでしょうか」

だから屋敷を訪れるのはせいぜい季節ごとに一度か二度。それ以外は電話で健康状態を確認するだけだったと、涼子はいった。

「すると、ほかにこの屋敷を訪れる人種というと」

「通いでお掃除をしてくれる島本加代さんと、大阪からやってくる古物商の東野さん、それと……松山で画廊を開いている青木さんぐらいのものでしょうか」

「古物商に画廊主ねえ」

「青木さんとは特に仲がよかったみたいで、二人して『絵が見える、見えない』なんて話しているのを、聞いたことがあります」

「画商はそんな物言いをすると、どこかで聞いたことがあるが。それにしても古物商が出入りしていたとなると」

「どうかしましたか」

「画商がすべてまっとうだとはいえないだろうが、古物商という人種は、ね」

那智の唇が小さく歪《ゆが》められるのを内藤は見逃さなかった。

古物商と民俗学者。両者の関係は決して良好とはいえない状態にあるのが常だ。那智をして「知る限りにおいて、ただ一人の古物商以外はすべて敵だ」といわしめるのも、決して彼女の性格が特殊だからではない。古きよきものを研究材料と見るか、それとも商品と見るか。二つの価値観は決して交わることはないし、双方の相剋《そうこく》が永遠であることは、約束事といっても過言ではない。研究者にとって古物商とは天敵であり、信を置くに値しない人種である。

——もっとも……。

相手にいわせれば、研究者こそは物の価値を知らない朴念仁ということになるのだろう。

ねえ、と同意を得ようとして由美子へと顔を向けると、その視線は全く別方向に注がれている。視線の先には式直男が描いたとされる絵がある。

「どうかしましたか」

「いえ、なにがどうというわけではないのだけれど」

「絵のことは不案内だが、素人目《しろうとめ》にもよく描けていると思うけれど」

「わたしもそう思います、でも」

と、由美子の言葉は歯切れが悪かった。たぶん理性のセンサーがとらえた違和感を形にすることができないのではないか。研究者はそうした掻痒感《そうよう》から何事かを摑《つか》んでゆく。内藤にもそうした経験があった。

いつの間にか絵に向けられた視線の数が増えていた。

那智と会話を交わしているはずの若槻涼子の視線である。

さらにひとつ。那智本人の視線が加わっている。

「なっ、なにか。どうしたんですか、皆さん」

三様の視線に一人取り残された内藤は、渇きに似た焦りを覚えた。彼女たちはなにに気づき、なにを洞察しつつあるのか。

部屋に満ちた緊張感を解くように「さて、本題だが」と那智がいったそのときだった。表の呼び鈴が、押した本人の感情を代言するかのような激しさで鳴り響いた。二度、三度、四度。立て続けに響く音が、感情の種類を明言している。

──怒り……だな。

何者かは知らぬが、呼び鈴の主は相当に激しい怒りを胸に抱いているようだ。たぶんそれは、若槻涼子に対する感情であろうという内藤の想像は、まったく的をはずしたものだった。

「蓮丈那智先生。ちょっとお話があります。署までご同行願えませんか」

激しい口調にもかかわらず、二人してきれいに口を揃えていったのは、警察官の古畑と藤村だった。

那智が宿に戻ってきたのは午後十時過ぎだった。古畑と藤村が式邸に現われたのが午前十一時過ぎだったから、途中の移動時間を省いても十時間近い尋問につきあわされたことになる。にもかかわらず那智の表情には疲労の色ひとつなく、むしろ薄い唇には皮肉めいた笑みさえ浮かんでいる。

「なにがあったのですか」

佐江由美子の問いにも、那智の唇は薄い笑みを浮かべたまま言葉を紡ごうとはしなかった。その代わりに内藤と由美子の二人に人差し指でサインを送り、自室へと招いた。

4

「やってくれる、あの若槻涼子という女性」

細身のメンソール煙草に火をつけながら、那智がさも面白そうにいった。

「若槻涼子がなにか」

「式邸で警察による鑑識捜査が行なわれたことは知っているね、そのとき古畑刑事にいったそうだ。民俗学会の専門誌に叔父《おじ》が論文を発表したようだが、そんなことはあり得ない。なにか事件と関係があるのではないか、とね」

「初めて宿を訪ねてきたおりにも、そんな反応を示していましたね」

内藤には、那智の言葉の意味がよくわからなかった。

「それで古畑は、学会誌の編集部に連絡を入れた」

いくら匿名の論文でも、警察からの照会となれば隠しおおせるものではない。ニュースソースの秘匿はマスコミの使命とはいうが、そうした常識とは無縁の場所に、学会誌の編集部は存在する。

「それがどうしたんですか」

「編集部はあの論文が、わたしの紹介によるものだと、あっさり白状してしまった、というわけだ」

「先生！」

異端の民俗学者の唇は、時として残酷な器官と化す。浅学の輩《やから》には寸鉄人を刺す凶器となることも、珍しくはない。それは、自分に対しても同じである。それを充分すぎるほど知りながら、内藤には那智の言葉がにわかに信じられなかった。佐江由美子も同様に違いない。

「ところがわたしは彼らに、『式直男氏とは面識がない』といってしまった」

「そりゃあ、警察が怪しむのも無理からぬことです」

「わたしが彼らの立場でも、事情聴取したくなるだろうね。だからこう答えておいた」

式直男氏と面識がないのは事実だ。ある日彼から研究室宛《あて》に論文が送りつけられてきた。自分としては充分に自信のある論文だが、在野の素人では発表の場がない。できれば学会誌に掲載していただきたいのだが、ご紹介願えまいか。読んでみればたしかにユニークな視点を持っている。非常に興味が湧いたので編集部に掲載するよう頼んだ。

「警察はそれを信じたのですか」

「そりゃあ信じたさ。編集部とわたしの証言にはなんら矛盾がない。信じるよりほかないだろう」

さらに、興味を抱いた蓮丈那智は、改めて式直男に電話で連絡を取り、例の論文に書かれた古い文書を見せてもらうことにして家を訪なった。その矢先の出来事だ、今回の一件は。

「そういって、丸め込んだんですね。純朴な地方の警察官を」

「最近、素晴らしい語彙《ごい》を駆使するようになったね、内藤君は」

「だって、それは嘘ですから」

「どうしてわかる」

「式直男氏が那智先生の自宅住所を知るはずはないから、論文が研究室に届けられたのは当然でしょう。けれどそれが嘘なんです。だってこの数年、那智先生が研究室に送られてきた郵便物を自ら開封したことなんてなかったじゃないですか」

「しまった、日頃の行ないが災いしたか」

「いったい、どこで式直男氏の論文を手に入れたのですか」

「もうすぐわかるよ」

そういって那智は二本目の煙草《たばこ》を唇に挟んだ。そこにライターの火を近づけながら、

「見た目ほど、世間知らずじゃなかったということですか」

佐江由美子が小悪魔の笑みを浮かべた。

「気づいたかい」

「若槻涼子。わたしたちを式邸に招くふりをしながら、こちらの動向を窺《うかが》っていたのですね」

「そう。彼女にとっては我々も、式直男《すなお》氏失踪《しっそう》に絡む容疑者の集団に過ぎなかったというわけさ」

「容疑はとけたのでしょうか」

「さあ。一筋縄ではいかない性格らしい」

二人に置いてけぼりを喰《く》った形の内藤は、会話への参加を試みるべく、あえて語気を強めて「いいですか」といった。

もうなにがなんだかわかりません。我々はフィールドワークに来たのでしょう。本業に立ち返りませんか。どうやって那智先生が式氏の論文を手に入れたのかは、いいでしょう、こちらにおいといて。でも、先生は式氏に面会を申し込み、式家に伝わる古い文書《もんじょ》を見せてもらう約束を取り付けたのでしょう。いや、それも違うか。電話に出たのが式氏本人とは限らないわけだから。でもですよ。文書は実在するのでしょう。

それは現在、どこにあるのですか。あれれ、まさかあの文書までもが仮想だとか。式直男氏が勝手に捏造《ねつぞう》したものだとしたらどうなる。そうなれば仮想民俗学そのものが存在しなくなるじゃないか。あああああ、先生、ぼくはなにをいっているのでしょう。そもそもぼくたちはなんのためにここに呼ばれたのですか。教えてください。ぼくの来《こ》し方と行く末を。

パニックを起こしかけた内藤の唇に、吸いかけのメンソール煙草が押し込まれた。特有の冷気が鼻腔《びこう》から肺へと流れ込み、二度、三度、吸気と呼気を繰り返すうちに、ようやく精神に安定がもたらされた。

「落ち着いたかい」

「は、なんとか。取り乱してすみません」

「それで、例の文書についてだが。式邸からは発見されなかったそうだ」

「どうしてわかるんですか」

「藤村とかいう刑事が教えてくれた」

若槻涼子がいうほどには警察は事件を軽視しているわけではないらしい。なんといっても式直男は資産家だ。邸内に残されていた現金、絵画コレクション、有価証券にまったく手がつけられていないのはいかにも不自然だ。このアンバランスな状況を鑑《かんが》みれば、まったく未知の理由、動機によって氏が事件に巻き込まれたと考えるのが妥当ではないか。

「と、地元署は考えているのですか」

「そういうことだね。まんざら無能でもないらしい」

「あっ、先生、もしかしたら」

といってから、由美子が笑いだした。

「佐江君、どうしたの」

「わかったわ、内藤さん。先生ったら、藤村という刑事さんを逆尋問したんです。だからこんなに時間がかかったんですよ」

「そうなんですか」と問うたが、那智はうっすらと笑うのみでなにもいわない。

藤村刑事が密《ひそ》かに抱いたやもしれない仄《ほの》かな思いと、那智に問い詰められたときに感じたであろう畏怖《いふ》、捜査機密を外部に漏らしたことがばれて上司から叱責《しっせき》される不幸を考えると、内藤は彼に同情の念を禁じ得なかった。

「けれど……古い文書《もんじょ》の現物が見つからないとなると、ちょっと困ったことになりましたね」

眉間《みけん》にしわを寄せた由美子に応《こた》えたのは、那智ではなかった。

「現物ではないが、コピーならば、ある」

ふいに背後からの言葉、というよりは、あまりに聞き覚えのある声音《こわね》に内藤は思わず振り返った。

立っていたのは狐目《きつねめ》の教務部主任、高杉康文だった。

「高杉さん、どうしてあなたがここに」

それに、どうしてあなたが文書のコピーを持っているのですか。

内藤の質問をすり抜けるかのように、那智の隣に座った高杉が、バッグから書類封筒を取り出した。

「わかったかな」と、那智。高杉が頷《うなず》く。

「どうやら、現在の式邸を建てた人物によって書かれたものらしい」

「式直男の曾祖父《そうそふ》だね」

「彼は海軍兵学校時代に、官費英国留学を許されるほどの俊英だった。そこで学んだ航海技術を生かして」

「後に海運業を営み、莫大《ばくだい》な資産を残すことに成功したか」

「もともと、地元の名家だったそうだ。旧幕時代には、このあたりの郡奉行《こおりぶぎょう》をも務めていたと、聞いた」

「すると、例の箱も？」

「文書にあるように、式家に長く伝えられた代物だろう」

「あの人物との接触は成功したのかな」

「もちろんだよ。キミからの依頼だといったら、喜んで協力を約束してくれた」

「ありがたい。やはり彼女は頼りになる」

那智と高杉の会話から完全にはじき出された状態の、内藤と由美子であった。

二人の間にどのようなやりとりがあったのか。過去も現在も未来の全《すべ》てが不明で、霧の中を探る術《すべ》さえ持たぬ、迷い犬になったような気分だった。それを察したのか、那智がようやく二人の方へと向き直った。

「改めて紹介しよう」

「紹介なんて必要ありませんよ。教務部の高杉さんじゃないですか」

「そうかな。彼が式直男であるといっても、か」

「はい？　今おかしなことをおっしゃいませんでしたか」

「彼が式直男だと、いっただけだが」

「待ってくださいよ。この人は高杉康文さんでしょう。我が東敬大学の教務部主任で、先生のフィールドワークに必要な臨時出費を申請に行くたびに、ぼくに強烈な皮肉を浴びせてくれる」

ときには優しい言葉をかけてくれることもあるし、那智研究室のピンチを救ってくれたこともある。そして。

――俺ハ大切ナコトヲ、忘レテハイナイカ。

かつては、民俗学界の長老であり巨人とまで呼ばれた学者の後継者、その衣鉢《いはつ》を継ぐものと目されていた男。それが高杉康文ではなかったか。

「じゃあ、あの仮想民俗学の論文は、式直男名義で、高杉さんが書いたものであると」

「そういうことだ」

「どうしてそんなことを！」

内藤が質問すると、高杉は鼻の横を幾度か掻《か》き、眉間《みけん》に皺《しわ》を寄せながら言葉を探しているかに見えた。「つまりは、なんだ」と、言葉を詰まらせながら話し始めるのに、さらにしばらく時間を要した。

「わたしは……一度は民俗学の世界を離れた人間だ。この学問には明日がない。やがて死に向かっている学問だと、諦《あき》めてしまったのだよ」

そのことを咎《とが》める研究者がいた。多くの非難も浴びた。中には同調する声もなくはなかったが、それは小さなささやきに過ぎなかった。結局、高杉は自ら民俗学に決別するのではなく、追われる形で消えてゆくことになった。

「つまりは……わたしは民俗学の世界では亡霊なんだ。亡霊の声に耳を貸すものなどだれもいやしない。再び肉体を取り戻すためには、仮名《かめい》を使うしかなかったのだよ」

ずっと亡霊でいるつもりだった。大学の事務方として、ひっそりと生きるつもりだった。ところが蓮丈那智の研究室と深く関わりをもつうちに、忘れていたはずの好奇心が再燃してしまったのだと、高杉は照れて笑いながらいった。

「それはわかりました。けれどどうして式直男氏の名前を？」

「彼はわたしが研究者時代のパトロンだったのさ」

「パトロン……ですか」

「わたしだけじゃない。式氏は研究、芸術、スポーツといった、あらゆる分野に羽ばたこうとする人材を見つけだしては、資金援助をしていたんだ」

「それほどすごい規模とは、知らなかった」

「だが、資金援助を受ける条件がひとつあった。決してそのことを外部に漏らさないこと」

「だから、式直男の名前は表に出なかったんですね」

「影の財団、とわたしたちは呼んでいたがね」

およそ二十年ぶりに民俗学の世界に戻ることを報告した高杉に、式が示したのが例の文書だった。我が家に面白い文書が保管されている。これを研究対象にしてみないかというのが、式直男の提案だった。

「そしてあなたは、仮想民俗学という、とんでもない発想を生みだしたのですね」

「と、いうよりは」

そういった高杉の顔色が、わずかに曇った。再び眉間に皺を寄せ、答えあぐねる高杉に助け船を出したのは、那智だった。

「仮想民俗学。この発想はずっと以前から彼の中にあったものなんだ」

彼がまだ研究者であった時代、ごく大ざっぱな方法序説として別の学会誌に発表したこともあった。けれど、当然のことながら学界はこれを無視。いや、無視どころか彼の師をも巻き込んで、非難の対象とした。

「もしかしたらそのことが原因で」

内藤は高杉に視線を移した。曲がりなりにも研究者として学界の末端に籍を置く身には、当時の高杉がどのような立場に置かれたか、想像することは容易《たやす》かった。

「たしかに学問の系統について疑問を持ったのも事実だ。だがそれ以上に」

学界に澱《よど》む古い体質。異端をなにがなんでも排除しようとする閉鎖性、そこから生まれる閉塞感《へいそくかん》。すべてが、若き研究者であった高杉を絶望させるのに充分な条件を学界は備えていた。それは今もほとんど変わるところがない。

だからね、と高杉はいった。

蓮丈那智の存在が羨《うらや》ましかったし、眩《まぶ》しかった。こんなにも自由闊達《かったつ》に古くさい体質の学界を航海する那智に、嫉妬《しっと》すら感じたこともある。

「おまけに年度初めに分配された予算は、すぐに使い果たすし」

「追加予算の請求についても、遠慮会釈というものがない」

「常に傲岸不遜《ごうがんふそん》で」

「慎み深さとは対極にある」

いつの間にか矛先が変わりつつある高杉と内藤の会話を、「もういいだろう」と、エッジ鋭く那智の言葉が、切り裂いた。

「それよりも、古文書《こもんじょ》に書かれていた絡繰箱《からくり》の正体って、なんだったのですか」

と、由美子。

そして文末にあった「べるみー」の記述、である。Bellmeeとでも、表記すればよいのだろうか。少なくとも内藤の記憶に、そうした名前の有名画家は存在しない。

「もしかしたら那智先生と高杉さんは、絡繰箱を再現しようとしているのではありませんか」

「鋭いな、佐江君は。内藤君の直感力が乗り移ったのかな」

一瞬、困惑顔になった由美子が、

——ドウシテ困惑スルカナ……。

それを振り払うかのように、

——ナゼ振リ払ウ！

質問を重ねる。

「とすれば、先生たちはすでに絡繰箱の正体を突きとめていることになります」

「そういうことになるかな。まだ極めて不完全な形ではあるが」

「だったら……もしかしたらそれが！」

叫ぶようにいった由美子が急に口をつぐんだ。先ほどまでの小悪魔めいた笑みは失《う》せ、顔にはべったりと深い懊悩《おうのう》が貼りついている。それでもいわずにいられない。けれど言葉にするのは恐ろしい。由美子の逡巡《しゅんじゅん》を断ち切るべく、内藤は言葉を継いだ。

「そのことが、今回の事件となんらかの関係があるのではありませんか」

四者四様の沈黙が、部屋にわだかまった。

それを破ったのは、携帯電話の着信音だった。

何事もなかったかのように那智が、内ポケットから携帯電話を取り出して、耳に当てる。

「はい。たしかに蓮丈ですが」

しばらくの間、会話を続けていた那智が、通話終了ボタンを押して天井を仰いだ。

再び沈黙。ややあって、

「……ミクニ」

那智の声が、内藤の胸にしんと沁《し》みて、波紋の広がりをみせた。

明後日《あさって》、佐江君と共に東京へ戻ってくれないか。そして会ってほしい人物がいる。

君もよく知っているはずだ。

そういって那智が告げた名を、内藤はたしかによく知っていた。

5

「旗師《はたし》ってなんですか」

東京へと向かう飛行機の中で、佐江由美子が発した問いに、

「店舗を持たない骨董《こっとう》商ですよ」

と、内藤は答えた。

「店舗を持たずに、どうやって商売をするんですか」

「そういわれると、ぼくもあまり詳しいことはわからないのですが」

骨董業者はさまざまな場所で定期的に競《せ》り市を開いている。旗師は市から市を渡り歩き、品物を競り落としては、自らの取り分を上乗せして別の業者へと品物を売る。あるいはコレクターの意を受けて希望の商品を購入するため、競り市に参加することもある。

「そんな商売が可能なんですねえ」

「骨董業者にもそれぞれ得手不得手があってね」

たとえば陶磁器を得意とする業者の店舗に、場違いな書画を並べたとする。だが店に置いてはみたもののてんで売れない。仕方なく捌《さば》くに捌ききれないその書画を旗師に預け、どこかに適当な値で売ってもらって、売買の手数料を払う場合もある。

要するに古美術品のブローカーである。

「でも、民俗学の研究者と古美術商は犬猿の仲なのでしょう」

「民俗学だけじゃないさ。歴史学しかり、考古学しかり、研究者はみーんな古美術商や骨董商を目の敵《かたき》にしているよ」

「そんな人に会いに行けだなんて、那智先生はなにを考えているのでしょうか」

「どこの世界にも、例外はあるということさ」

それだけいって、内藤は目を瞑《つぶ》った。

――冬の狐……冬狐堂《とうこどう》か。

旗師・冬狐堂こと宇佐見陶子《うさみとうこ》。かつて彼女が巻き込まれた事件に、那智と内藤も関わったことがある。

「どこか似ているんだよなあ、二人は」

「はい？　なにかいいましたか」

「これからぼくたちが会おうとしている女性ですよ」

「女性なのですか。旗師の冬狐堂という人は」

「あれ、いいませんでしたか。冬狐堂は宇佐見陶子という女性です。しかも似ているんですよ、どことなく雰囲気が」

「那智先生に、ですか」

「顔立ちはまるで違います。でもまとった空気が、ねえ」

「だから例外、ですか」

羽田空港に到着したのは、午後三時過ぎ。待ち合わせの時間までにはまだ間があったから、二人はいったん大学の研究室に戻ることにした。

那智エマージェンシーコールのおかげで、雑用は山積している。郵便物の分別にメールの整理。どうやら研究室の主《あるじ》はしばらく四国に留《とど》まるようだから、休講の手続きをしなければならないし、かわりに学生たちにはレポートのテーマを与えておかねばならない。キャンパス内を東奔西走して研究室に戻った内藤に、

「内藤さん、これがメールに！」

コンピュータの画面を指さしながら、由美子が声をあげた。

蓮丈那智先生
至急お目にかかりたくメール致しました。
当方までご連絡いただけませんか。

書画・骨董　風連居　東野道夫

電話及びファックスの番号。それにメールアドレスが添えられている。

「東野って、たしか式邸に出入りしていた古物商じゃないか」

「那智先生になんの用があるのでしょうか」

「わからない。わからないが、しかし」

少なくとも東野は、東敬大学助教授の蓮丈那智が、式邸の一件に関わっていることを知っている。そして、研究室のメールアドレスも。そのことが内藤の不安をかき立てた。


新宿駅近くの雑居ビルの地下一階。昭和の名残を色濃く残す外観とは裏腹に、典雅ともいうべき内装を施したワインバーが、待ち合わせの場所だった。

二人が店に入ると、一番奥のテーブルで、宇佐見陶子が小さく手を振った。足元に、この場所にはひどくそぐわない風呂敷包《ふろしきづつ》みが置かれている。

「ご無沙汰《ぶさた》しています。もしかしたらお待たせしましたか」

「わたしも、今来たばかりです」

そういいながら、宇佐見陶子の前にはすでに半分の量になった白ワインのグラスが置かれていた。

ワインはどうしますか。内藤さんのご趣味がわからないので、わたしはこうしてグラスワインをいただいてますけれど。ああ、ご心配は無用です。ここは目の飛び出るような高級ワインを置くような店ではありませんよ。ボトルを注文しても、さしてお財布の負担にはならないはずです。

宇佐見陶子の言葉に曖昧《あいまい》に返事をしながら、内藤はどうしても彼女の足元が気になって仕方がなかった。その視線を読みとったのか、

「ああこれですか。先ほどまで競り市に参加していたものですから」

宇佐見陶子は風呂敷包みを膝《ひざ》の上に載せ、結び目を解くと古い木箱が現われた。

「もしかしたらそれが！」

そういった由美子が、言葉の裏側に、例の文書にあった絡繰箱《からくりばこ》ではないかと、含みを持たせていることは明らかだった。

――それは違うな。

仮に高杉が那智の紹介で、宇佐見陶子に絡繰箱の話をしても、そう都合よく競り市に出るとは思えない。ましてや再現を依頼したとしても、それはごく最近のことだろう。時間的に箱の再現は不可能に近いのでは。果たして、

「たしかに高杉先生から、面白い箱の再現はお引き受けしています。わたしたちの仕

事では、古民具の修復などを請け負う職人とのつきあいも深いものですから」

けれどこれは別物。先ほどの市で競り落とした、江戸時代の銭函《ぜにばこ》です。こうしたものを好むコレクターも多いのですよ、と、冬狐堂は婉然《えんぜん》と笑った。

ふと、以前と較べてずいぶんと雰囲気が変わったなと、内藤は思った。那智が中性的な空気をまとっているとするなら、宇佐見陶子はまさしく女性そのものといえよう。それでも二人が似ていると感じるのは、それぞれが「だれにも頼らず、媚《こ》びず、一人凜《りん》として立つ」世界を確固として持っているからではないのか。

けれど人は己の中で流れゆく時間に添って変わらねばならぬ。

かつて内藤が冬狐堂に感じた迸《ほとばし》るような強さは鳴りを潜め、成熟した、けれどしたたかな女性旗師が、ここにいる。

「これを」と、宇佐見陶子が取り出したのは一冊のファイルだった。

「那智先生の依頼で調べておきました。時間的にごく簡単な調査しかできませんでしたが」

「中身を見てよいのですか」

「あなたにも見せるよう、先生にいわれています」

それに、と冬狐堂はいう。

あなたが蓮丈那智の手足となって動く限りにおいて、知っておかねばならないこと

がある。ひたむきな学究心はとても美しいものだけれど、ある意味で純粋培養された
ひ弱な魂であるともいえる。そしてそれをいとも簡単に金銭価値に変換しようとする
輩《やから》が、この世には溢《あふ》れている。

注意なさいと、冬狐堂が笑みを浮かべながらいった。

「古美術・骨董《こっとう》商ですか。あるいは画廊主とか」

「美意識を金銭という価値観ではかることのできる人種です」

「それならば、ある程度のことは承知しているつもりですが」

「あなたが考えているよりも、この世界の闇は深い」

冬狐堂の言葉を否定するように、

「わたしには理解できません」

唐突ともいえる口調でいったのは、由美子だった。それまで内藤と陶子が交わした
会話が理解できないのかとも思ったが、そうではないようだ。

運ばれてきた白ワインのボトルから由美子のグラスへと、淡《あわ》い黄金《こがね》色の液体を注ぐ
と、宇佐見陶子に挑む勢いで中身を半分以上空けてしまった。

「だっ、大丈夫ですか、佐江君。そんなに飲んじゃって」

「お酒は……嫌いじゃありません。ワインはさらに好ましいアルコール飲料です」

「そうですか、ならばよいのですが」

「わたしにはどうしてもわからないんです。例の文書に書かれた絡繰箱を、再現したところで、なにがどうなるというんですか」

そのために、式直男氏が失踪《しっそう》事件に巻き込まれた可能性もあるというのに。蓮丈那智も内藤三國も、高杉康文も、だれもが平気な顔をしているのはどうしてなのか。ましてや。

「神聖なる研究の領域に、わたしのような旗師が絡むことに、我慢がならないのですね」

陶子の静かな物言いに、由美子は返す言葉を失ったようだ。グラスに注ぎ足したワインを、今度は一気に飲み干した。その勢いで、

「国立博物館には、優秀な修復部門があります。那智先生ほどの実績があるなら、そこに復元を依頼することもできるはずです」

「国立の研究機関は、それほど簡単に動いてはくれませんよ」

ましてや、来歴の不確かな文書に書かれた機能さえもよく知れない絡繰箱など、取り合ってくれないでしょう。と、陶子はどこまでも穏やかな口調で言い聞かせるが、いったん頑《かたく》なな殻に閉じこもった由美子の気持ちは、容易にはほぐれそうにない。いくぶんかの酔いを滲《にじ》ませた目つきが、それを物語っている。日頃感情を激することなどない佐江由美子の、まったく知らない一面を見た思いがした。当然のことながら、内

藤には由美子をなだめる術《すべ》も、言葉もない。

——嫁と姑《しゅうとめ》の火花を散らせる暗闘って感じなのかなぁ、これは。どうしよう……。

あとはどちらかがグラスの中身を相手にひっかけるのを待つばかり。一触即発の緊張感に心臓が張り裂けそうになった瞬間、
内なる力を声に秘めた宇佐見陶子が、断言した。

「佐江さんといいましたね。信じなさい、蓮丈那智を」

「……信じるって」

「異能の民俗学者は、こざかしい計略など、必ず蹴散《けち》らすでしょう」

その脳細胞は物事を透徹し、計算し、計略あらばそこに仕掛けられた罠《わな》を必ず蹴散らしてくれる。そのために必要なら、魑魅魍魎《ちみもうりょう》と手を組むことさえもいとわない。

「それが蓮丈那智ですか」

「わたしはそう信じている。例の文書のコピーを、わたしも見せてもらったけれど。あれにはとても大きな意味が二つ、隠されているような気がします」

「絡繰箱のことですか。それともべるみーという画家ですか」

「二つは分離して考えることはできない。それぞれがそれぞれの意味に互いに奉仕している。だからこそ那智先生は、わたしというカードを切ったはずです」

宇佐見陶子は、そういって伝票を片手に立ち上がった。歩き出したその足がいった

ん止まり、内藤を振り返ると、

「例の箱の再現品ですが、一週間ほどでできあがると先生にお伝えください」

そういって、今度こそ本当に身を翻した、その後ろ姿は野生の狐を思わせた。

酔い覚ましも兼ねて夜の街を歩きながら、

「驚いたな、あんなに激しい佐江君を初めて見ました」

少し酔いすぎましたかと問うと、由美子は火照《ほて》った頬をさます仕草をしながら、

「本当に酔っていたと思います？」

と笑った。先ほどまでの険しい表情が、嘘のようだ。

「まさか、あれは芝居……ですか」

「ひと月ほど前に那智先生と、別のワインバーに行ったんです」

そのときはワインのフルボトルを二人で赤白あわせて八本空け、なお物足りないから二人でバーボンのロックを二杯ずつ飲んだそうだ。那智の酒量がいささか常人離れしているのは知っていたが、

——まさか、佐江君までもがウワバミの眷属《けんぞく》であったとは！

内藤の思いは驚きというより複雑だった。

「どうして酔ったふりなどしたんです」

「興味があったんです。宇佐見陶子という女性に」

女性でありながら旗師という過酷な世界に身を置き、そしてしたたかに生き抜いている。しかも、蓮丈那智ほどの人間が、ほとんど全面的に信頼を寄せている。

「なるほどね」

「嫉妬《しっと》していたのかもしれませんね。だから、試してみました。どれほどの人物かを」

「で、どうでしたか。あなたの目から見た冬狐堂・宇佐見陶子は」

「内藤さんのいうとおり。那智先生と似ていると思います。姿形や物言いではなく、裡《うち》に秘めているものが、とても似ている。そして、すてきな女性です」

だからこそわたしも、彼女を信用することにしました、と由美子はいった。

違うよ、信じるという言葉はそれほど簡単に使っちゃあいけないんだ。冬狐堂・宇佐見陶子がいおうとしていたのは、まさしくそのことなんだ。信用なんて言葉がどれほど薄っぺらで、日常の挨拶《あいさつ》とほとんど変わりなく使われるか。そしてこの言葉が多用されればされるほど、反比例して人は猜疑心《さいぎしん》に浸りきってゆくか。

そうした思いを由美子に伝えるべきか否《いな》か、内藤は迷い、結局は全てを飲み込むことにした。

久しぶりに自宅に戻った内藤は、宇佐見陶子から預かったファイルを開いた。

予想どおり、それは画商・青木正蔵と古物商・東野道夫の経歴及び近況を記した報告書だった。目を通すうちに、宇佐見陶子の言葉が改めて甦《よみがえ》り、背骨を戦慄《せんりつ》とともに駆け抜ける感覚を覚えた。

――なんて連中だ。

そのときまったく別の方向から、新たな疑惑がわき上がった。東野のメールが未開封ファイルに保存されていたことを思い出したのである。

フィールドワークに出かけるとき、那智は必ずモバイルコンピュータを持ってゆく。エマージェンシーコールもそこから発信されたはずだ。

――ならばどうして。

那智は東野からのメールを読まなかったのだろうか。

深夜というためらいはあったものの、内藤は那智の携帯電話に連絡を試みた。けれど発信音の後に聞こえてくるのは、電源が切られているか電波の届かないところに受信者がいるという、機械的なメッセージのみである。十五分ほど経ってから同じことを試みたが、反応はまったく同じ。高杉の携帯電話の番号を聞いておかなかったことを激しく後悔しつつ、内藤は那智らが宿泊しているはずの宿へと電話すると、今朝早くに引き払ったと、不機嫌な声が返ってきた。

那智の身になにかが起きたことを示しているのだろうか。いや、那智のそばには高杉がついている。彼ならば最悪の事態を回避してくれるはずだ。しかし、彼をもってしても避け得ない非常事態が発生したとしたら。

内藤は迷った。

那智からは、陶子に依頼した絡繰箱の再現品を受け取ってから四国に戻ってくるよう指示されている。

迷ったあげく、下手をすれば那智に一喝されることを承知で決断した。

翌日。研究室のコンピュータに由美子宛《あて》のメールを送信し、内藤三國は再び四国へと旅立った。

6

古物商・東野道夫の遺体が発見されたのは、内藤が東京へと戻ったその日の午後だった。背中を数回にわたって刺され、ほとんど血溜《ちだ》まりと化した中に倒れている東野を、昼間でもひとけの少ない小さな児童公園で発見したのは、近くに住む散歩途中の老人だった。現在司法解剖の最中で、詳しいことはまったくわかってはいない。ただし、東野の上着のポケットから一枚のメモ用紙が発見された。

『午前二時。H公園。蓮丈那智』

複数の単語が並んだだけの、ひどく簡素なメモではあったが、警察が東敬大学助教授・蓮丈那智に半ば疑いを抱きつつ接近を試みたのは、ごく自然の成り行きだった。宿を引き払った那智と高杉が、主《あるじ》が失踪《しっそう》して以来その姪《めい》が住み暮らす式邸にいることを摑《つか》むのも、さして手間のかかることではない。地方という、存在する人間の数が限られた閉鎖空間においておくには、那智の容貌《ようぼう》はあまりに目立ちすぎた。

そうした事情を携帯電話で知らせてくれたのは、高杉だった。内藤が四国にいることを知ると、松山市内のホテルを告げ、待ち合わせることにした。

「じゃあ、那智先生は警察に勾留《こうりゅう》されたままなのですか」

内藤の問いに、高杉は困惑を隠しきれない顔色で、

「まさか。逮捕状が出ているわけじゃない。昨日のうちに解放されたはずだよ」

「はずって、どういうことです」

「消えてしまったんだ。昨夜地元署を出たのが午後九時過ぎ。取り調べは今日も続く予定だったから、所在を明確にしておくよう、いわれたはずなんだが」

「そのまま、ドロン、ですか」

携帯電話も未《いま》だ繫《つな》がらないままだという。

「モバイルコンピュータはどうですか。持っていないのですか」

「いや、セカンドバッグに入れているから、手元《てもと》にあるはずだ」

「じゃあ、メールを送ってみてはいかがでしょうか」

至急連絡乞《こ》う。皆心配している、すぐ帰れ。研究室一同。

「いいや」高杉が力無くつぶやいて、首を横に振った。すでにそれくらいのことは試みた。けれど那智からはなんの連絡もないと、その仕草が告げている。

「困った人だ、まったく」

と、内藤は唇を嚙《か》みしめた。

那智は式直男が失踪した当日のことでも、警察の取り調べを受けている。そして東野道夫は式邸に出入りをしていた古物商だ。二つのラインが交わる一点を、警察は捜そうとしているのだろう。その鍵《かぎ》を握っているのは、東京からやってきた怪しげな民俗学者に違いない。現に彼女は、たった一日取り調べを受けただけで、逃走を図っているじゃないか。

警察関係者の思考をトレースするのは、あまりにも容易だった。

「まずいのは、警察による記者発表だな」

「先生のことが、表に出るでしょうか」

「わからない。実名報道はないだろうが、東京からやってきた民俗学者が捜査線上に浮かんでいる、くらいのことは」

「それって、ほとんど実名を特定されたようなものじゃないですか」

「そうなると、警察は学会誌編集部に本格的な捜査の触手を伸ばすかもしれない。全ての元凶が例の論文にあると確信すれば、彼らはいよいよもって那智先生への疑いを濃くするに違いない」

高杉の口調に絶望が滲《にじ》んでいる。あの論文は蓮丈那智が書いたものではない。わたしが書いて那智を通じて掲載を依頼したものだと証言したところで、彼女が式直男と失踪当日に電話によって接触した事実は曲げることができないし、東野の上着のポケットに、彼女の名前が書かれたメモが残っていた事実もまた然《しか》り、である。

「というと、まだ論文の筆者があなたであるということを」

「警察にはいっていない。警察に出頭する直前に、那智先生から口止めされたんだ」

「あなたを巻き込みたくはなかったんだ」

「わたしが匿名による学会誌への掲載を求めたことが、すべて仇《あだ》になってしまった」

今さら自分が書いた論文だと名乗りを上げても、身内がかばっているにすぎないと、警察は考えるに違いない。

「午前二時では、当然ながらアリバイはありませんよね」

「あったとしても、それを証言するのが我々では意味がない」

「半ば身内……ですから」

ホテルのロビーで二人して頭を抱え込んでいるところへ、若槻涼子が現われた。漆黒のコートに身を包んだ涼子は、どこか優美な鳥を思わせたが、内藤の思考経路はそれ以上のことを考える状態になかった。

「大変でしたね」

ウェイトレスに紅茶を注文しながら、涼子がいう。

「そういえば涼子さん、あなたの遠縁に県警本部の幹部がいるそうですね」

詳しい状況についてなにかわかりませんかと、一縷《いちる》の望みをかけるつもりでいうと、

「はい。どうやら所轄署は蓮丈先生への疑いを強めているようです」

式直男失踪については、論文の処置を巡ってなにか諍《いさか》いがあったのではないか。論文を仕上げたのが那智だとしても、素材を提供したのは式直男である。功名を独り占めしたい那智は、どうしても執筆者を自分名義にしろといって譲らない式直男に、深い恨みを抱いていた。東野道夫に対してはどうか。民俗学者と古物商は、元来犬猿の仲である。そこになんらかの利害関係が生じて、死に至らしめたのではないか。

そう考えているようだと、涼子は説明した。

「そりゃあ、乱暴すぎる意見だな」

「でしょう。だって論文を書いたのは那智先生じゃないのに」

「だが、いかんせん状況が悪すぎる」

「どうして先生は、行方をくらましてしまったのでしょうか」

「そういう人なんだよ。降りかかる火の粉を人に払わせることができない性分なんです」

内藤と涼子の会話にじっと聞き入っていた高杉が、ふいに立ち上がった。まるでだれかを捜すような仕草で、ロビーを左右に見回すと、

「内藤君。わたしは失礼するよ。ちょっと考え事をしなきゃいけないようだ」

そういって自らの部屋番号を告げ、ロビーから去ってしまった。

わたしも人と会う約束があるのでと、涼子までもが立ち去り、内藤はただ一人なす術《すべ》もなくそこに取り残された。


民俗学は孤独な学問だ。調査と研究の果てに見つけるべき答えは、自らの中にしか存在しない。一人遊びのようだといったのは、かつて高杉の師匠であった民俗学の巨人ではなかったか。

内藤もまたその夜、ホテルの部屋で孤独な作業に没頭していた。

宇佐見陶子から預かった報告書をすべてコンピュータに打ち込み、テキスト化して那智のコンピュータにメールとともに添付して送ったのである。那智もまた、たぶん孤独な戦いの最中《さなか》にいる。今、彼女に必要なのは情報という名の武器ではないのか。

一通りの作業を終えるのを待っていたかのように、携帯電話の着信音が響いた。東京の由美子からである。

「内藤さん、どうなっているんですか！　テレビのニュースで、東野が殺されたって。しかも事情を聞いていた大学助教授が、いなくなったって」

「そうなんです。那智先生が消えてしまったのですよ」

「警察は先生を疑っているのですか」

「かなり濃厚に」

会話の途中でドアの呼び鈴が鳴った。電話機を片耳に当てたままドアロックをはずすと、唇をへの字に結んだままの高杉が、立っていた。招くとそのまま室内に入り、応接用の椅子に腰を下ろした。

「失踪中の式直男氏は、どうなりましたか」

「未《いま》だ行方不明です」

「まさか……そのことにも那智先生が関係していると、警察は考えているのですね」

「ご推察通りです」

「これから、どうなるのですか」

わかりません。全てはぼくたちの理解をはるかに凌駕《りょうが》している。けれど信じましょう。冬狐堂さんだっていっていたじゃありませんか。那智先生を信じなさいって。あの人はやられっぱなしですますような、柔《やわ》な性格は持ち合わせてはいない。必ず反撃ののろしを上げることでしょう。それを信じて待ちましょう。

そういって通話終了ボタンを押した。そうするしかなかった。

高杉に不調法を詫《わ》びて、冷蔵庫から缶ビールを取り出した。

「なにかありましたか」

「実は内藤君に読んでもらいたい論文があるんだ」

「仮想民俗学の続きですね」

「ずいぶん前に完成していたんだ。式氏にも送って感想を聞いてみた。彼、まるで我がことのように喜んでくれてね。キミにも意見が聞きたい」

論文は先ほどメールに添付してキミのコンピュータに送信しておいたから。そういわれて内藤は再び携帯電話をコンピュータに繋ぎ、メールボックスを開いた。

序説を含めて原稿用紙にして二百枚ほどの分量だろうか。

ディスプレーに整然と並ぶ文字の配列を目で追ううちに、内藤は時間を忘れた。いつの間にか高杉が部屋からいなくなっていることにも気づかなかった。

知性のジャンプ。大胆な仮説などという陳腐な言い方では表現しきれない、凄《すさ》まじい論理の飛躍が、そこにはあった。

「見える絵が見えなくなるとき、見えない絵が見えてくる」

高杉が論文の中で、某氏の言葉として紹介している一文が、すべての始まりだった。その生い立ち、一族の系譜から考えて、某氏とは式直男のことにちがいない。似たような言葉をどこかで聞いたことがあると、内藤はふと思った。

研究室に戻った内藤を待っていたのは、佐江由美子の泣き顔だった。思わず抱きしめ、よしよしと頭を撫《な》でてやりたくなる衝動をようやく抑え、

「大学の方はどう？　動きはありましたか」

と問うと、由美子は首を横に振った。

「どうやら最悪の事態には到っていないようです」

「それは……変だな」

事件を担当する所轄署から、大学になんらかの接触がないとは考えられなかった。

——だとすると……やばいナ、これは。

大学という、閉鎖的で鉄の組織力を維持することによってのみ成立する社会においては、蓮丈那智のような異端の人材は本来なら存在を許されるべきものではない。水面下で彼女を排斥しようとする動きは、これまでにも多々あった。そうならなかったのは、旧態依然とした大学の組織に不満を持つグループも学内にはあって、那智はその象徴のように扱われていたからだ。周囲からは「狐目」などと呼ばれ、煙たがられ

る高杉康文も、那智の密《ひそ》かな支援者の一人だ。

だが、今回は事情が違っている。いつ重要参考人扱いされても不思議のない現状では、そうした支援を得るべくもないことは明らかだし、おそらく水面下で、那智排斥に向けてだれかが動いているはずだ。

暗澹《あんたん》とした思いは、たぶんはっきりと顔に出てしまったことだろう。佐江由美子の表情がさらに曇った。

「那智先生、大学を追い出されるのですか」

「事件が長引けば、たぶん」

「わたしたちはなにをすればいいのでしょう。このまま黙って手をこまねいているなんて、わたしには耐えられません」

そういわれても、内藤にはなにも思いつかなかった。

それよりも、と、高杉の論文をプリントアウトしたものを取り出し、読んでごらんといった。

「事件の動機は、たぶんそこに隠されている」

「これは高杉さんの仮想民俗学！」

由美子が論文に目を通す間に、内藤は珈琲《コーヒー》メーカーに生豆をセットした。

恐るべき速読力の持ち主である佐江由美子をしても、細部に到るまで読み過ごすことのできない内容であることは、間違いない。それでも淹《い》れたての珈琲をカップに注ぐ頃には、全文を読み終え、「驚きました」と、ため息混じりにつぶやいた。

「君は気づいていたんだね。あの絵におかしな点があることに」

「那智先生も気づいているようでしたよ」

あの絵とは、式邸の居間に掛かっていた式直男直筆の絵画のことである。

「間抜けは、ぼく一人きりだったらしい」

「最初見たときから、この人、どんな格好《かっこう》でこの絵を描いたんだろうって」

「高杉さんも、初めてあの絵を見たときに同じことを思ったそうだ」

それは、式から借りた文書のコピーを取り終え、挨拶《あいさつ》がてら式邸を訪れたときのことだった。高杉は、奇妙に床寄りに掛けられた絵に気がついた。その位置も気になったが、なによりも絵の構図に違和感を覚えたのである。

普通画家はイーゼルにキャンバスを立てかけ、絵を完成させる。まず立ったまま構図を決めるか、あるいは椅子に座った位置で構図を決めるか。式が描いた絵は、そのどちらでもなかった。

「ちょうど、膝《ひざ》から少し上のあたりの高さにまで身をかがめ、構図を決めたらあんな絵になるのかなあ、なんて思ったんです」

「そんな位置で構図を作る画家なんていないよね」

「でも、まさかあの絵が」

訝《いぶか》る高杉に向かって投げかけられたのが、式の

「見える絵が見えなくなるとき、見えない絵が見えてくる」という、謎の言葉であったという。式直男は額を壁からはずし、続いて庭に面した窓の鎧戸《よろいど》を全て閉め切った。よほど精巧に作られた鎧戸だったのだろう。居間は完全な暗闇と化した。

「だが、本当の意味での完全ではなかった」

「屋敷が完成してから百年近く経っていたために、鎧戸の一点に、小さな穴が空いていたのですね」

居間という巨大な暗室の一点に空いた、小さな一穴。そこから侵入する光は、一方の壁の、ちょうど額が掛けられていたあたりに奇蹟《きせき》の画像を映し出した。偶然にも焦点距離までもが一致していたのだろう。

壁には反対側の位置にある庭の景色が逆像でくっきりと映し出されていたのである。

「そう。小さな穴の空いた鎧戸を閉め切ったとき、居間全体がピンホールカメラになってしまったんだ」

式直男が描いた絵は、それをキャンバスにそのまま写し取り、完成させたものだった。ピンホールカメラの画像が映し出された位置に、完成した絵を掛けておいたのは、式直男のしゃれっ気であっただろう。なにせ、高杉が仮想民俗学の論文を完成したと

きには、どうせ仮名で掲載するなら自分の名前で出してくれないかと、もちかけたほどだから。

自然の作り出した奇蹟は、まったく別の奇蹟を呼び覚ました。閃光《せんこう》が走るのをたしかに感じた、と高杉は書き記している。論文にそのような主観的な一文を入れる習慣は、研究者にはない。にもかかわらずあえて入れたところに、彼の衝撃が伝わる。

「高杉さんは、絡繰箱の正体はカメラ・オブスキュラではないかと思いついたんだ」

ピンホールカメラの現象については、すでにアリストテレスの時代から発見されているし、レオナルド・ダ・ビンチも著作の中でその原理について言及している。そこに二枚の凸レンズを取り付けることで、逆像ではなく、正像を得ることに成功したのがカメラ・オブスキュラである。

彼の仮想民俗学は、その地点から羽ばたいたのである。

7

事件がなんの進捗《しんちょく》も見せぬまま、イコールのように蓮丈那智の行方もまた依然として不明のまま数日が過ぎた。

研究室の留守を預かる内藤のもとに、宇佐見陶子から連絡が入ったのは、なにかの予兆であったかもしれない。そうしたことにすがりつきたくなるほどに、内藤の気持ちは萎《な》えていた。

「那智先生からの連絡は？」

「なにもありません」

「そうですか。先生からご依頼のあった絡繰《からくり》箱の再現品が完成しましたけれど」

その話しぶりが、まるで死者の遺品を届けたいのだがと、告げているようで、気分はますますマイナス方向に走り出す。

わかりました、取りに伺います。待ち合わせ場所は前回のワインバーでよろしいですね。

そういって内藤は電話を切った。

「だれからですか」と、無惨に頬をやつれさせた由美子がいった。

「冬の狐さん。例の箱ができたそうだが、君もいきますか」

交わす会話には生気なく、足どりはまさしく幽鬼そのもの。二体の亡霊の道行きが目指したのは、新宿だった。

由美子が運転するクルマの助手席で、内藤は慣れない煙草《たばこ》をふかして、幾度かむせた。

「顔色が青黒いですよ、それに瞼《まぶた》も腫《は》れぼったいみたい」

「ちょっと睡眠不足なのかな」

「そういえば高杉さんも、まだ教務部に戻っていないみたいですね」

「長期の休暇届が出ていると、聞いたけど」

那智もいない。高杉もいない。内藤と由美子は事件から疎外され、隔絶されて、学内の雑事に追われている。そのことがどれほど精神の負担になっているか、由美子のやつれと己の腫れぼったい目が如実に物語っているのだが、姿なき研究室の主《ぬし》には伝わろうはずもない。

路上パーキングにクルマを置き、目的の店へと向かうと、前回と変わらぬ席に、すでに冬の狐はいた。足元にはやはり大きな風呂敷包《ふろしきづつ》み。テーブルには白ワインのグラス。中身の減り方まであの日と変わりがないようだ。

「お待たせしましたか」

「わたしも今来たところです」

型にでも嵌《は》めたような挨拶を交わして、内藤は席に着いた。ノンアルコールの飲み物の注文のみをすませると、「さっそくですが」と宇佐見陶子が風呂敷包みを解いた。古めかしい木製の箱が姿を現わす。立方体の八方に頑丈な金具が取り付けられているのは、内部の密封性を高めるためだろう。片側には凸レンズを組み込んだ金筒。反対側には磨《す》りガラス板をはめ込んだ上下開閉式の板が取り付けられている。

「これが、カメラ・オブスキュラですか」

「凸レンズから取り入れられた映像が、反対側の磨りガラスに投影される仕組みです」

ただし、と冬狐堂がいった。

文書によれば、ガラス板には湾曲が生じている、とありました。別の資料にも当たりましたが、カメラ・オブスキュラにはそのような仕組みが見あたりません。たぶん、長い年月の間に高熱か、あるいは火事かなにかで磨りガラスに炎が触れて、湾曲が生じたものと考えられます。しかしその湾曲が外側に向かうものか、箱内部に向かうものかは判断ができませんでした。ですから板は二種類用意してあります。今は外側に湾曲した板を取りつけてありますが、蝶番《ちょうつがい》部分に細工を施しておきましたから、自在に取り外し交換が可能です。

ご丁寧なことに、再現されたカメラ・オブスキュラにはきちんと古色までつけられている。いや、もしかしたら外部に取りつけられた金具、金筒までもが、製作当時の素材を用いて作られているのではないか。

宇佐見陶子の物腰、口調にまで滲《にじ》む落ち着いた自信が、問わず語りの凄《すご》みとなって、内藤を圧倒した。無意識だろう。由美子が「きれい」とつぶやいたのも、外観の機能美ではなく、そこに刻まれたであろう歴史までも再現してみせた、宇佐見陶子への無垢《む　く》なる礼賛《らいさん》に他ならないのではないか。

凸レンズを取りつけた金筒を、内藤に向けた由美子がふいに嬌声《きようせい》をあげた。久しく笑うことのなかったその顔に、一瞬、喜色が甦《よみがえ》った。

「どうしたんですか」

「だってこれ、面白いです。面白すぎます」

カメラ・オブスキュラを反対に由美子に向けてみる。悪戯《いたずら》っ子のようにワイングラスを片手にポーズをつける由美子の姿が、湾曲した磨りガラスのせいで奇妙に歪《ゆが》んで見えた。やけに顔が大きく、胸のところで固定したワイングラスとそれを持つ手は、奇形的に小さく映る。

──………⁉

なにかが内藤の脳裏を走り抜けた。思わずあたりを見回したが、一瞬のきらめきのみを残して走り去ったものの正体は、どうあがいても再び甦ることはなかった。

「それにしても高杉さん、よくこんなものを思いついたものだ。いくらピンホールカメラというヒントがあったにせよ」

「もちろん、基礎知識があったのでしょう」

「宇佐見さんも……高杉さんの論文を読んだのですか」

「もちろん。そうでなければカメラ・オブスキュラを再現することなどできるはずがないじゃありませんか」

「びっくりしたでしょう」

「まさか、あの画家の名前が出るとは思いませんでした」

内藤の中に、高杉の論文を読んだときに感じた興奮が、別の感情となって甦った。

正確にいえば、興奮ではなかった。

研究者は理性の徒でなければならないのは当然だが、それだけでは先人の足跡をなぞるだけの凡庸な優等生でしかない。ときには稚気《ちき》を、そしておのが裡《うち》なる痴愚《ちぐ》をも呼び覚ませるものこそが、未知なる道の開拓者となりうる。いつだったか、内藤は那智からそういわれたことがあった。その頃ではなかったか。フィールドワークの事務手続きを終え、研究室に戻った内藤は、ライターの炎にじっと見入る那智の姿、そのものに見入った記憶がある。ちょうど彼女が半年がかりで論文を仕上げた直後のことだ。知性と精神力を糸を縒《よ》るように集中させ、己のすべてを出し切って、さすがの那智でさえも放心状態にあったのではないだろうか。

ねえミクニ、きれいだねえ。炎って本当にきれいだねえ。

そういって那智が浮かべた笑みは、菩薩《ぼさつ》そのものだった。

その瞬間に感じたのは、きっと感動でも興奮でもなかったはずだ。

——たぶん、殺意に極めて近い嫉妬《しっと》、だな。

自分では超えられぬハードルを、たとえ死力を尽くしてでも超えて、そして忘我にも似た境地で遊ぶことのできるものへの、強烈な嫉妬心。

高杉康文の論文を読んだときに感じたのは、まさしくその思いだった。

だれも思いつかない理論を、いや、仮に思いついたとしても学究の端くれに籍を置くものなら理性の名の下に封印を施すであろう仮説を、仮名とはいえ表に出せるのは、高杉自身が彼がいうところの亡霊だからだろう。

そう思いこむことでしか、あふれ出る感情を制御できない己を恥じ、内藤は苛立《いらだ》った。感情を押し込めるように、わざと抑揚のない声を作って、宇佐見陶子に聞いてみた。

「彼はカメラ・オブスキュラからあの名前を引き出したのでしょうか。それともあの名前からカメラ・オブスキュラを引き出したのでしょうか」

「たぶん、相互作用だと思いますよ」

「でしょうね」

「べるみー」と、由美子が言葉を挟んだ。

文書に書かれたカメラ・オブスキュラは当然のことながら国産品ではあり得ない。江戸時代のどの書物をひもといてみたところで、その記述は見あたらないからだ。ではかの絡繰箱は何処《いずこ》より輸入されしものか。当時の日本は鎖国状態にあったから、唯一可能性があるとすれば阿蘭陀《オランダ》。長崎の出島を経由して四国にまで伝わったと考えるのが妥当であろう。だとすれば、「べるみー」もまた、阿蘭陀語でなければならない。

「べるみーは Bellmee とでも表記するのかと思っていました」

「普通はそう考えますね。式家の文書を書き残した人物も、たぶん同じような勘違いをしてしまったのですよ」

「彼は英国留学の経験があったようです」

高杉は、論文の中でこう書き記している。阿蘭陀語で書かれたものを英語読みで「べるみー」と記しているということは、あるいは Vermee だったのではないのか。阿蘭陀船が持ち込んだカメラ・オブスキュラと、Vermee と書かれた一枚の洋画。長い船旅で、最後に書かれていたはずの「r」の文字が消えていたとしたら。

Vermeer——Johannes Vermeer の名前をわたしたちは導き出すことができる。と、論文にはある。

「まさか、フェルメールとは」

「普通は考えないですよね」

内藤と由美子がほぼ同時にいった。

言葉は重なったが、込められた感情がまるで違うことを、内藤は自覚していた。

ヨハネス・フェルメールは一六三二年、オランダのデルフトに生まれた画家である。その代表作である「青いターバンの少女（真珠の耳飾りの少女）」は、多くのファンを世界中にもっているとされる。また彼は、しばしばカメラ・オブスキュラを用いて、正確なデッサンを描いたことでも知られている。そのことを証明するのが一六六二年頃制作の「音楽の稽古《けいこ》」である。ヴァージナルというピアノに似た楽器を練習する少女のうしろ姿が描かれたものだが、楽器の上にかけられた鏡に、彼女の顔が映り込んでいる。その映り込み方が画家の視線とは微妙にずれているのである。立ってキャンバスに向かう画家の視線、あるいは座ってキャンバスに向かう画家の視線では、少女の姿は鏡に映ったようにとらえることはできない。ひどく中途半端な角度からとらえた画像は、カメラ・オブスキュラでとらえた映像を正確になぞったからだと、研究者はいう。

現存するフェルメールの絵画は三十二点。尋常ならざる人気があり、しかも現存する点数が少ないこともあって、彼の作品はしばしば贋作《がんさく》の対象ともなる。

「江戸時代、三十三点目のフェルメールが海を渡って日本にやってきた」

宇佐見陶子が、半ば歌うようにいった。

「お好きなんですか」

「実は美術学校を出ているんです。しかも洋画科。フェルメールは憧《あこが》れの画家の一人です」

「知りませんでした。江戸時代ならばフェルメールと時代的にも矛盾はありませんね」

「しかも、当時は一介の風俗画家にすぎなかったのに、フェルメールの人気が爆発的に高まるのは近年になってからです」

今では億の金を出しても手に入れることが不可能なフェルメールも、当時は比較的安価に買うことができたはずだといった陶子の眉《まゆ》が、ふいに歪められた。

「億の金でも手に入れることができない……ですか」

「そう。人一人の命、いや二人か三人の命を差し出してでも手に入れたいと考える輩《やから》は、いくらでもいるでしょう」

ふと、式邸のことが思い出された。今もって行方の知れない式直男の運命が見えた気がした。

金庫に眠ったまま手のつけられなかった二千万円あまりの現金。有価証券。土地の権利書。そしてストッカーに眠る絵画コレクション。それらにどれほどの価値があろうとも、一枚のフェルメールに勝るとは思えない。

そして式直男は幻のフェルメールとともに屋敷から消えた。

「冬狐堂さん、教えてくれませんか。絵画マーケットのことを」

「フェルメールの動きを知りたい？」

「もしも式邸から持ち出されたのであれば、絵画マーケットを利用する以外、売り捌《さば》くことはできないでしょう」

「どうでしょう。三十三点目のフェルメールが発見されたとなれば、世界的なニュースになるでしょう。鑑定の結果、真作であることが証明されればこれはもう事件です」

「容易に売り捌くことはできない？」

「もちろん可能ですよ」

世界的なオークションハウスを使うこともできるし、場合によっては持ち主の名前を表に出すことなく、代理人を立ててオークションに出品することも可能だ。さらにいえば、絵画マーケットは表の世界にのみ存在しているわけではない。むしろ高値で捌くことのできる裏の世界のマーケットこそが、幻のフェルメールにはふさわしいのかもしれない。ですが、かなりの綱渡《つなわた》りというより、危うい世界に身を置く覚悟が必要になりますが。

宇佐見陶子の話を聞いて、佐江由美子がこくりと喉《のど》を鳴らした。

「絵画マーケットに、フェルメールの噂が流れてはいませんか」

「今のところは、なにも」

「そうですか。鳴りを潜めているのかな」

「ところで内藤さん。あなたは高杉氏の論文を読んでどう思いましたか」

「どうって……凄《すご》いことを考えるな、と」

「では改めて聞きます。ここに幻のフェルメールを手に入れた人物がいると仮定します」

あるいはもうすぐ手に入れることができる人物でもかまわない。彼が高杉の論文を読んだら、どのように考えるだろうか。さらに条件を細分化する。仮定する人物像は二人。ともに幻のフェルメールを手に入れることができる。A氏はやがて手に入るであろうフェルメールを表のマーケットで売り捌きたいと考えている。次にB氏である。彼の考え方は対照的で、どうせなら裏のマーケットを使って高く捌きたい。

「それぞれが高杉氏の論文を読んだら、どのようなことを考えるでしょうか」

「少し時間をいただけますか」

「次に会うときまでの宿題にしておきましょう」

それだけいうと、宇佐見陶子は前回同様、野の獣の素早さと優美さで店を出ていった。

帰りのクルマの中で由美子が「どういう意味でしょうか」といった。

「冬狐堂さんの宿題かい」

「フェルメールを手に入れた人物が、高杉さんの論文を読んで考えること、だなんて」

「たぶん、それが事件の動機なのでしょう。式氏をこの世から消し去り、古物商の東野を死に至らしめた、動機」

「もしかしたら式氏もすでに？」

「断言することはあまりに残酷で、無慈悲であるとは思うけれど」

フェルメールに捧《ささ》げられた供物ならば仕方がないか、といおうとして、内藤はやめた。それは、犯人側の思考だ。

「こんなときに無神経かもしれないけれど。でも、わたし、少しだけ安心しました」

「なにが、ですか」

「気づかなかったんですか、内藤さん」

今に始まったことではないけれど、そういわれて内藤は、少しだけプライドが傷つけられた気がした。

「気づかないって」

「わたし、那智先生が今どこにいるか、おぼろげながらわかった気がします」

「まさか！」

「内藤さんが『絵画マーケットに、フェルメールの噂が流れてはいませんか』と質問したとき、宇佐見さんは即座にNOと答えたでしょう」

「それがどうかしましたか」

「おかしいじゃありませんか。宇佐見さんが引き受けたのはカメラ・オブスキュラの再現です」

そういわれて、ようやく内藤は由美子の言葉の意味するところを理解した。

「なるほどねえ。彼女がすでに絵画マーケットに情報網を広げていたという、なによりの証拠だ。たぶん裏のマーケットにも同じ網を張っているはずだ」

「ということは」

「那智先生は宇佐見さんの周辺にいる。そして密《ひそ》かにマーケットの動向を窺《うかが》っている」

「もしかしたら先ほどの宿題も、宇佐見さんが考えたものではないかもしれません」

「いわれてみれば、那智先生が言い出しそうな謎だなあ」

それはとりもなおさず、那智が真相へと近づきつつある証拠に他ならない。

由美子同様、内藤も気持ちが少し楽になった、ような気がした。

翌日。内藤は本郷にある学会誌編集部を訪ねた。東敬大学の蓮丈那智研究室のものであると受付に告げると、まもなく小太りの中年男が階段を駆け下りてきた。長年那智の担当をしている、宮田という名の編集者である。

「困るじゃないか、内藤君。編集部にのこのこやってくるなんて」

「しかし……」

「表に出よう。ここじゃあまずいんだ。ぼくの立場も考えてくれないか」

ほとんど押し出されるような形で建物を出た内藤は、近くの喫茶店に連れ込まれた。ウェイトレスの持ってきた水を一気に飲み干し、宮田が額にびっしりと浮いた汗を拭《ふ》く。

「あれから大変なんだよ。警察が入れ替わり立ち替わりやってきて」

「そうなんですか」

「蓮丈先生もとんでもないことをしでかしてくれたよなあ」

その口振りから、警察が那智を重要参考人としていることがわかった。

「で、警察はなにを聞いてきたんです」

「蓮丈先生が、例の論文を編集部に持ち込んだ経緯だよ」

しかも同じことを幾度も幾度も、手を替え品を替え聞いてくるのでまったく仕事が手につかない。編集部としては、蓮丈那智が持ち込んだ論文の原稿を、そのまま掲載しただけだから他に答えようがないのだと、拭いても拭いても噴き出す汗をおしぼりで拭《ぬぐ》いながら、宮田はこぼす。

「それは大変ですね」

「だいたい、蓮丈先生があんな論文を書くからいけないんだ」

「へっ？」

「わかっているんだよ。あれは先生が式直男なんて実在の人物の名前を借りて、書いた論文なのだろう」

内藤は、怒りと共に違うという言葉をのみこんだ。

「警察にそういったのですね」

「だって、あんな奇妙なことを考えるのは、日本広しといえども蓮丈那智以外にはいない。そういってやったら、連中ますますしつこくなって、困っているんだ。掲載当初からおかしなことがあったしなあ」

「おかしなことって？」

「事件が起きる前にも、あれはだれが書いたものかとしつこくたずねる電話があってね」

「教えたのですか」

「最初は断ったさ。でもあまりにしつこいから、これは東敬大学にその人ありといわれた民俗学者、蓮丈那智が書いたものに相違ありませんと、教えてやったよ」

「電話を掛けてきたのは男ですか、女ですか」

「男だよ。たぶん、中年じゃないかなあ、声の調子から思うに」

宮田の言葉は、内藤に与えられた宿題の答えを、指し示すものだった。

8

蓮丈那智に対する教授会査問委員会を開くことが決定したと、教えてくれたのは高杉康文だった。日頃は頑迷な教授会に不満を抱く勢力も、今回ばかりは如何《いかん》ともしがたかったと、厳しい表情で高杉はいった。

「どうにもならないのでしょうか」

「教授会は三日後の査問委員会に那智先生を召喚するだろう。それに従わなければ」

「大学から放逐されることになるのですね」

「もちろん、那智先生ならばどこの大学からも引く手はあまただろうが」

「ぼくや佐江君は行き場所を失うことになる」

自ら発したひとことが、内藤を突き動かした。たしかに保身の気持ちがなかったといえば嘘になる。けれど那智が動かぬ以上、そして警察が事件解決の新たな糸口を見つけぬ以上、自分が動くしかない。那智が汚名を着せられたまま、大学を罷免させられるのを防ぐには、この内藤三國の手で事件を解決する以外にない。

「どうした、内藤君」

「ぼくは明日、四国に行って来ます」

「勝算はあるのだろうね」

「なんとかがんばってみます。けれどぼく一人ではどうしようもない。高杉さんもついてきてくれませんか」

いいや、是が非でもそうしてもらわねば困る。あなたこそが今回の事件を解決するために必要な、キーパーソンなのだから。

そう告げると、高杉は大きく頷《うなず》いた。

「どうして男連中は、勝手に突っ走ろうとするのかしら」

いくぶん怒気を含んだ声を投げかけたのは、佐江由美子だった。

「佐江君、いつからそこに」

「高杉さんを追いかけてきたのよ。事務棟前を、もの凄《すご》い形相と勢いで過ぎてゆくのを見かけたから。絶対に那智先生に関することだと、確信しました」

「そうだったかな」と、高杉が珍しく狼狽《ろうばい》を露《あら》わにしながら額にハンカチを当てた。

「とにかく、わたしも行きます。こうなったら査問委員会の前になにがなんでも事件を解決してみせましょう」

教授会だろうが査問委員会だろうが、蓮丈那智の名誉に指一本触れさせないために。

そう宣言する由美子の背中に、たしかに内藤は那智の幻影を見た。

K村に到着する前に所轄署に連絡を入れたのは、古畑と藤村の力を借りて事件関係者を式邸に集めてもらうためだった。ミステリの大団円ならば、名探偵がいとも簡単に関係者を全て集められるのだろうが、己にそこまでの実力がないことくらい、内藤もわきまえている。

蓮丈那智と連絡が取れた。どうやらK村に向かっているらしいし、メール通信で彼女からの親書を自分は預かっている。そう伝えると二人の警察官は、なにを勘違いしたものか、喜んで求めに応じてくれた。ついては画商の青木正蔵氏にも連絡を。今回の事件には式氏の絵画コレクションが絡んでいる。ぜひとも彼の鑑定眼が必要となるから、必ず呼び出してほしい。

この申し出も簡単に応諾を得ることができた。

かくしてK村の式邸に東敬大学から三人、所轄署の二人の刑事、画廊主の青木と、今は式邸に住み暮らす若槻涼子が顔を合わせることになった。

「蓮丈那智の姿が見えないようですね」

開口一番、不満げにいったのは藤村だった。どうやら今回の事件では、そうとう上層部に絞られたらしい。部外者である那智に捜査情報を漏らした上に、容疑が濃厚となりつつあった彼女を、任意の事情聴取の最中《さなか》とはいえみすみす取り逃がしてしまったのだから、無理からぬことかもしれない。

「もうじき到着の予定です。それまではぼくの話をお聞きください」

内藤がそういうと、佐江由美子が居間に集まった各人にコピーを配布しはじめた。ひとつは式家に伝わる文書のコピー。もうひとつは高杉が式直男名義で書いた論文のコピーだ。その間、内藤はデスクにカメラ・オブスキュラの再現品を設置した。

コピーが行き渡ったのを確認してから、内藤は「では始めましょうか」といって、ひとつ身震いをした。

当家の当主である式直男氏の失踪《しっそう》から端を発した今回の事件は、ある古い文書と、それにまつわる民俗学上の論文が学会誌に発表されたことが、全ての原因でした。文書には、当家に江戸時代から「絡繰箱《からくり》」と、「洋人画」が伝えられていると書かれてあったのです。

己の説明を、集まった各人がコピーを目で追いながら聞き入っている。密《ひそ》やかな高揚感と一抹の戦慄《せんりつ》とで、内藤はまた小さな身震いをした。

「残念ながら絡繰箱については、現存しておりません。そこで文書を基に再現したのが、このカメラ・オブスキュラです」

「なにかね、それは」

古畑の問いに、カメラのご先祖さんと考えてくださいとだけ答えておいた。納得してもらえるか否《いな》かは、とりあえず問題ではない。

今でこそカメラは写真を撮るための機械ですが、そのために使用される感光剤が発明される以前は、絵を描くための道具でもあったのです。画家はこの機械を使って室内風景や人物の映像を正確に写し取り、そして絵画を完成させたのです。ここで、文書をもう一度ご覧ください。「べるみー」という記述がありますね。文書を読んだある民俗学者は考えました。これは……。

さらに説明を加えようとすると、古畑が面倒くさそうにいった。

「フェルメールとかいう画家のことではないかと考えたのだろう。それくらいのことは知っている。学会誌の編集部でその論文は読ませてもらったし、フェルメールの絵がかなりの価値を持っていることも、すでに調査済みだ」

「そっ、そうなんですか」

「警察をバカにしているのかね、君は」

「そんなことはありません。では話を端折《はしょ》らせていただきます」

式家に伝わる洋人画が、三十三点目のフェルメールである可能性を、論文が指摘したことが、それまで平穏そのものに回り続けていた式家の歯車を狂わせてしまった。フェルメールの価値は、億を出しても買えないどころの騒ぎではない。専門の研究機関が真作であることを証明すれば、少なく見積もっても三十億以上の価値がそこに生じることになる。

「三十億！」

古畑が声を震わせ、青木を見た。昨今の相場は知らなかったようだ。「高価」という言葉から得られる概念を、はるかに凌駕《りょうが》しているのはたしかだ。

「オランダの国立美術館ならば、五十億出してもよいというでしょうな」

本物ならばですが、と青木が念を押した。

「ここに二人の人物が登場します。仮に某氏としておきましょう」

と内藤はいった。

二人は、学会誌掲載前に式直男氏の許《もと》に届けられた論文を読み、古ぼけた一枚の絵に凄《すさ》まじいばかりの価値があることを知ってしまった。欲しい、どうしてもその絵が欲しい。けれどたとえ真作であっても、いや、真作なればこそ、一個人が購入できる代物《しろもの》ではない。欲望はやがて歪《ゆが》められ、殺意が生まれた。

「ここにいたって、実に奇妙な現象が発生しました。論文を巡って二人の意見は正反対の方向性を持ったのです」

片や、古物商ではあるが美術のマーケットにはあまり通じていない人物は、論文の存在を喜んだ。学会誌発表後に編集部に確認をすると、どうやら民俗学の世界ではそうとうに有名な助教授が書いたものらしい。ならば、真作である可能性はかなり高くなるのではないか。ましてやそのことが話題になれば、価値がさらに上がってもおかしくはない。

ところがもう一方は、全く別のことを考えた。絵画マーケットの専門家である彼は、フェルメールほどの絵となると、表の市場では簡単に流通しないことを充分に知っていた。高額になるほど、出所来歴が明らかでなければ売買ができない。ならば、裏のルートで売り捌《さば》くしかない。そのためには例の論文はどうしても邪魔になる。式家にフェルメールらしき洋画があることさえも、できることなら隠しておきたい。だが現実に、民俗学者の書いた論文の序説が学会誌に掲載されてしまった。どうすればよいか。彼の煩悶《はんもん》はピークに達したはずだ。

「ちょっと待て!」と声を荒らげたのは青木だった。

「最後までぼくの話を聞いてください」

「聞いていられるわけがないだろう。あんたがいった二人の人物とは、東野とわたしのことじゃないか」

「あくまでも某氏です」

「だれが聞いたって、これは」

青木の罵声《ばせい》を押しとどめたのは藤村だった。その様子がよほどおかしかったのか、若槻涼子の口元に、小さな笑みが浮かんでいるのが見えた。

「続けましょう。二人の中にはそれぞれ暗い衝動が育ちました。しかしそれをいち早く解放してしまったのは、古物商だったのです」

彼はすでに論文が完成し、次の号には残りの文章が掲載されることを、式氏を通じて知っていた。ならばもう躊躇《ためら》うべきではない。論文さえ発表されれば、式直男氏は無用の長物となる。殺人事件では警察の捜査も厳しいだろうから、彼には突然失踪してもらうことにしよう。遺体さえ出てこなければ、事件性を疑う者はいない。

「式直男氏には実に叔父《おじ》思いの姪《めい》がいました。彼女が警察関係者を動かしたのは予想外ではありましたが、けれど式邸からは事件を匂わせる痕跡《こんせき》は、なにひとつ発見されなかったのです」

若槻涼子を見ると、その視線と完全に一致した。

――大丈夫ですよ、おじさまの無念はぼくが晴らします。

いつだったか、彼女が聞いた「絵が見える、見えない」という青木と式との会話は、絵の良し悪《あ》しではなく、高杉が論文を仕上げるきっかけともなった、例のピンホールカメラをなぞった絵のことに違いない。けれど、絵画に造詣《ぞうけい》の浅い涼子には、そのことが理解できなかったのだろう。

「こうして、古物商の計画は、成功したかに見えたのです」

あとはほとぼりが冷めるのを待って、フェルメールを処分すればよい。彼は有頂天になったことであろう。だが彼は、もう一人、幻のフェルメールに執念を燃やす人物の存在を忘れてしまっていた。画商、である。式直男氏の失踪を知った画商は、だれが手を下したのかをすぐに悟った。同時にひらめいた天才的計画を、彼はもしかしたら天啓と信じたかもしれない。あんな田舎臭い古物商にフェルメールを渡してなるものか。ならば奪えばよい。しかも、それが例の民俗学者の犯行であるかのように見せかけることができるなら、一石二鳥となるではないか。

「犯罪者、しかも殺人を犯した学者の論文など、だれも信じはしないし、犬の糞《くそ》ほどの価値もない」

そういいきって、内藤はペットボトルのミネラルウォーターを一気に飲み干した。

彼は知り合いの女性にでも頼んで、民俗学者のふりをさせたのだろうか。深夜、ひとけのない公園に被害者を呼び出すために。いや、そんな面倒なことをする必要はない。偶然にも式邸で例の論文を書いた民俗学者に会った。研究室にメールを送ったんだって。仕事柄あんたの話を聞きたがっていたぞ、とでも電話で伝えればよい。忘れないようにメモをしてくれ。相手はあんたの顔を知らないだろ。深夜だし、相手は別嬪《ぴん》だ。怪しまれるといけないから、そのメモを見せるんだな。とでもいったのではないか。古物商にしてみれば、例のフェルメールをさらに喧伝《けんでん》してもらいたい立場にあるから、喜んで公園に出かけただろう。えらく別嬪と評判らしいから、うまくすれば楽しい結果が待っているかもしれない。そんなことを考えながら公園に向かうも、そこに待っていたのは例の画商だった。

「かくして、第二の惨劇が起きたのです」

「でたらめだ。なんの証拠もないじゃないか！」

再び鬼の形相となった青木がわめきだしたが、内藤は動じなかった。

「青木さん、あなた、とんでもないミスを犯してしまったんですよ」

「ふざけるな」

「ええ、ふざけちゃいません。でもね、あなたがうちの蓮丈那智になすりつけようとした段階で、すでに自らの犯行を告白したようなもんなんです」

「どういうことだ」

「あなたは蓮丈を犯罪者にすることで、論文を紙くずにしようとした。でもね、あの論文は、蓮丈那智が書いたものじゃないんです」

この人。と指をさした。

高杉康文が書いたものだと告げた瞬間、青木の形相が鬼からただの老人へと変わった。

高杉康文が論文の著者であることを、我々は知っている。若槻涼子も、もちろん知っている。そのことを知らず、那智が書いたものと信じ込んで、彼女に罪を着せよう

などと考えるのは、

「青木正蔵さん、あなただけなんですよ」

顔面蒼白《そうはく》のまま膝《ひざ》を落とし、口の端から垂れるよだれを拭《ぬぐ》おうともせずに、「そんな馬鹿な」と、愚かな殺人者は幾度もつぶやいた。

「この事件は一枚の絵と例の文書、そしてひとつの論文が二つの思惑を生み、殺意がまるでバトンのように手渡された結果、引き起こされたものだったのです」

名探偵ここに降臨。そして鮮やかな大団円。

——ああ、この瞬間、息絶えてもぼくは後悔しないだろう！

内藤が高揚感の絶頂を味わった瞬間、冷水を浴びせるが如《ごと》く冷ややかな声で、

「なかなか面白い推理だったが、それだけではCマイナスだな」

蓮丈那智がその場に現われた。

9

「那智先生、どうしてここに」

「わたしが出発前に連絡を取ったんです。宇佐見陶子さんを通じて」

といったのは、由美子だった。

それに、と那智が言葉を続けた。

「事件の当事者が現場に姿を見せないでどうする。決着をつけるのはわたしの役目だ」

「けれどCマイナスって。ぼくのどこが間違っていたというんです」

論理的に考えれば、犯人は青木正蔵以外にいないし、なによりも彼はたった今、自白したも同然ではないか。そのことを問う口調は幾分不満げであったやもしれない。

「だから君は詰めが甘いんだ」

ひとつの論文を巡る二つの思惑。そして二つの殺意。

——推理は完璧《かんぺき》だ。どこが完全無欠じゃないの……？

内藤には己の犯した——と那智がいう——誤りをどうしても理解することができなかった。那智がたとえ「ミクニ」と耳元で囁《ささや》こうとも、この決意と自信が毛ほども揺らぐことはない。絶対にない。そう心に決めて唇を噛《か》みしめた内藤の耳元で、

「……ミクニ」

「内藤君」でもなければ「三國」でもない。独特の口調でいわれると、鉄の意志はたちまち砂糖菓子と化した。すみません、ぼくが間違っていました。どこが間違っているのかよくわかりませんが、悪いのはすべてぼくです。たった今、内藤三國は善心に立ち返って、謙虚に那智先生の言葉に従います。

「君は大変なことを見逃している」

「見逃しているって、なにを」

「疑問その一。肝心のフェルメールはどこにあるんだい」

「それは……東野から奪った鍵《かぎ》を使って彼の自宅か、店に忍び込んで」

内藤の言葉を、藤村が「たしかに鍵の類《たぐい》は遺体周辺からは発見されていません」と、補強してくれた。そのときだ。

「違うんだ。たしかにやつの鍵を奪って、仕事場に忍び込んだよ。でもなかったんだ！　仕事場にも自宅にも、フェルメールはなかったんだよ」

青木の悲痛な叫びが室内に響いた。

「でもそれは、彼の探し方が悪かっただけで」

「疑問その二」

那智の追及は、情け容赦なかった。

東野道夫はどうやってわたしの研究室のメールアドレスを手に入れたのだろうか。大学の住所ならばいざ知らず、メールアドレスなどというものはそれほど一般的に公開するものではない。ましてや一面識もない彼が、研究室のメールアドレスを知ることはほとんど不可能ではないか。

「疑問その三」

「ちょっと待ってください」

「どうした、名探偵。これくらいのことでもう弱音か」

疑問はさらに続く。

東野が自分と連絡を取ろうとしていたことは事実だろう。だとすれば、学会誌編集部に論文の執筆者のことを電話でたずねたのは、彼にちがいない。編集部の誤解もあって、東野は蓮丈那智が論文の執筆者であると思いこんだ。ならば、青木はどうやってそのことを知ったのだろう。敵対する東野が教えるはずがない。己と相対する思惑を青木が持っていると知っていたらなおさらだろう。まだある。どうして青木は、東野が研究室のコンピュータにメールを送信していたことを知っているのだろう。

床に座り込んだままの青木が、ゆっくりと手をあげ、指さしたのは若槻凉子だった。

憎しみのこもった目つきで、

「こいつだよ。すべてこいつが教えてくれた」

青木の言葉にも、若槻凉子は表情を変えることなく、

「それがどうかしまして」

言い放った。

「凉子さん、まさかあなた」

「誤解なさらないでくださいね、内藤さん。わたしは青木さんに問われるまま、お答

えしただけです。あの論文の著者が東敬大学の蓮丈那智先生であることを、東野さんが突きとめたようだと教えたのは、たしかにわたしです。だって、東野さん本人の口から聞いたんですもの」

その時点で高杉が本当の著者であることは知らなかった。東野さんの遺体が発見された翌日、蓮丈那智が二度目に式邸を訪れたときに、初めて同行の高杉が著者であることを知ったのだから。もちろん那智のメールアドレスを教えたのも自分である。初対面のときに名刺をもらっていたし、アドレスはそこに書いてあったものを、東野に問われるまま教えたにすぎない。

「じゃあ、あなたにはなんの悪意もなかったと」

内藤の疑問に、涼子は最上級の笑顔で頷《うなず》いた。

先ほど開陳《かいちん》した推理において内藤は、東野が殺害された時点で若槻涼子が論文の著者が高杉であることを知っていたと断言した。けれど涼子の話を聞く限りにおいては、彼女もまたその時点では高杉の存在を知らなかったことになる。論文の真の著者を知らなかった唯一の存在故《ゆえ》に、青木が犯人であると指摘した推理は、誤っていたことになる。もちろん、すでに東野殺害を青木が自白している今となっては、瑕瑾《かきん》にすぎないのだが、

――ベクトルが大きくそれはじめている。

それが実感だった。

「東野さんが那智先生にメールを出したことを伝えたのもわたしです。彼にアドレスを教えたことは事実ですし、だとすればメールを出したことは容易に想像がつくじゃありませんか。それに、東野さんの動向を教えてくれといったのは、青木さんです」

涼子の受け答えはどこまでも堂々としていて、一点の動揺も感じられなかった。が、そのことが余計に内藤の不安をかき立てずにはいられなかった。

「蓮丈先生、あなたのいわれることがよくわからないのですが」

古畑の問いに、「つまりはこういうことです」と、那智が答えた。

自分が思うに、すでに式氏はこの世の人ではないだろう。先ほどの内藤の推理どおり、失踪《しっそう》の夜、もしくはその翌日には物言わぬ物体と化したと思う。けれどよく考えて欲しい。一人暮らしとはいえ、男性を簡単に殺害することが可能だろうか。夜ともなれば鍵も締まっているだろう。しかもいったんは死体を外に運び出さねばならない。一連の作業は、だれか共犯者がいたと考えるべきではないか。

だが、古畑は納得しなかった。

「それは単なる推測に過ぎません。一人でもやりようによっては、十分に可能な作業だと思いますよ」

「だが、絵の問題がある。先ほど内藤は単純にほとぼりが冷めたらといったが、フェルメールの三十三点目にほとぼりなんてものが存在すると思いますか。いくら絵画マーケットに疎くとも、それくらいのことはわかりそうじゃありませんか」

「たしかに、三十億、五十億といわれると」

「もっとも安全な方法は、正式に叔父《おじ》の財産をすべて相続した姪《めい》から、委託を受けたことにすればよいのでしょう」

「それは、まさか！」

二人のやりとりに、若槻涼子が敢然と割り込んできた。

「それこそは邪推以外の何物でもありません。いくら大学の先生でも、いってよいことと悪いことがありますよ」

場合によっては法廷闘争も辞さないと、涼子はいった。

理性は那智の言い分が正しいと主張するのだが、すべては推測、憶測だといわれてしまえば、それまでの話でしかない。

だが、蓮丈那智はいっこうにたじろぐ気配を見せなかった。

「わたしは、こう思う」

その唇が再び凶器となる気配を、内藤は感じた。那智がぱちりと指を鳴らすと、佐江由美子が駆け寄って、B5サイズの封筒を渡した。

「これは、わたしの知り合いの骨董《こっとう》業者が調べてくれたものだ。二週間ほど前になるが、東野は、手持ちの商品をかなりの捨て値で売り払っているし、家の土地、店舗その他を担保にして、銀行から融資を受けている。総額で約三千万円」

「それはまた、ずいぶんと大金ですね」

「三十億に比べるとたいした金額ではありませんがね。けれどこれほどの金を東野はなんのために必要としたのか」

「大きな商いでもするつもりだったのでしょうか」

「古畑さん、骨董業者は常に自転車操業だと、知り合いが教えてくれました。古物商もまた然《しか》りです。いざとなったら家土地を担保に入れてでも現金を作らねばならなくなることも、ままあるようです。彼らにとっては、最後の生命線なのですよ」

「最後の生命線を断ち切ってまで、大きな賭《かけ》に出た」

「つまりは、フェルメールです」

「けれど、いくら大金が動く可能性があるといっても、すぐにマーケットに出品したのでは、だれもが怪しむ」

「彼の協力者が合法的に絵を手に入れ、自分もまた合法的にマーケットで売り捌《さば》くためには、一定期間のタイムラグが必要です」

「式直男氏の失踪宣告が出されるまでの生活資金ですね！」

「それも東野本人の生活費ではない。やはり知人の調べですが、彼の商売はうまく回転していたようだ。一人分の食い扶持には充分すぎる収入があったはずだし、それなりに貯えもあることでしょう」

「だとすると、彼の協力者が必要とする生活費、ですか」

「その人物はまともに働いたことがなく、したがって生活能力もない。叔父の家には高価な絵画や、現金、有価証券もあるが、彼の失踪宣告が裁判所から出されるまでは勝手に手をつけることができない」

那智が東野の協力者として指摘しているのは涼子以外にない。けれど、涼子の表情は変わらなかった。だれにも突き崩すことのできない自負と自信が、全身に満ちあふれている。そのあまりに凛《りん》とした姿に、内藤は冷たいものを覚えた。

――まさか……那智先生が負ける⁉

けれど、那智の追及の矛先もまた鈍ることはなかった。今ははっきりと涼子を見据え、

「あなたは、東野に式直男氏殺害の計画をもちかけたんだ」

と断言した。

「面白いお話ですね、もう少しおつきあいしましょうか」

「あなたと東野は計画通りに式氏を殺害。失踪を偽装した。先ほどもいったように、より合法的に氏の全ての財産を手に入れるには、それが最良の方策だった」

けれど涼子には別の計画があった。幻のフェルメールも、東野と二人では価値は半分となる。ならばいっそのこと、東野がいなくなってくれればよい。涼子はある意味で人誑《たら》しの天才であったかもしれない。今度は青木に近づき、さも善意の第三者であるかのように振る舞って、彼の欲と殺意をあおり立てた。しかも涼子が天才的であったのは、あえて青木に論文の著者が那智でないことを告げなかった点だ。そうすることで、青木の容疑がより濃くなることは、先ほどの内藤の推理からも明らかだ。

「わたしが思うに、あなたは最初から論文の著者が高杉康文であることを知っていたはずだ。きっと、式氏から聞いていたのではないかな」

「いいえ、なにも知りませんでした」

「いや、知ったうえで、最初からこの計画を立てたんだ」

「まるで妄言《もうげん》ですね」

「だが、あなたは警察を甘く見すぎている。東野が用意した金の流れなど、彼らはたちまち摑《つか》むことでしょう。さらにいえば」

那智がセカンドバッグから、数枚の写真を取り出した。

——これは、カメラ・オブスキュラの製作過程じゃないか。

宇佐見陶子が依頼した職人だろう。一人の老人がカメラ・オブスキュラを製作してゆく過程が、写真には収められている。

「彼の名は、仮にTとしておきましょう。表の世界では知られてはいないが、実は有名な贋作者《がんさく》です」

「贋作者！」

初めて、涼子の表情に動揺めいたものが走った。同じく、青木の目にも別の光が宿った気がした。

「なにしろ相手がフェルメールだからね、わたしも一応の布石を打っておいたのですよ。もしも邪《よこしま》な企《たくら》みが実行に移されるようなことがあれば、この写真を公開するつもりでね」

あえて、カメラ・オブスキュラの再現を著名な贋作者に依頼したのだと、那智はいう。

日本の美術マーケットは、恐ろしく閉鎖的な世界だ。そして過敏なほど臆病《おくびょう》でもある。たとえ限りなく真作に近くとも、そのどこかに、贋作者の影が見え隠れすると、とたんに萎縮《いしゅく》し、売買取引が中止になってしまう。たとえそれがカメラ・オブスキュラを再現するためだと説明したところで、いや、説明すればするほど疑惑の目が向けられることになる。それを払拭《ふっしょく》するにはそれなりの機関での鑑定しかないが、かなりの手間と高額な費用がかかる。

「東野が用意した資金は警察の目が光っていて使えない。裁判所からの失踪宣告はすぐには下りない。肝心のフェルメールも国内では売り捌けない。さあ、どうします」

立場は逆転し、那智は絶対有利な形勢になった、かに見えた。だが、「負けだよ」と青木が指さしたのは涼子ではなく、那智であった。

「蓮丈さんとかいったね。ずいぶんとマーケットのことを勉強したようだが、詰めが甘すぎる。東野が用意した資金が使えないからどうだというんだ。この家にはいずれこの女のものになる有価証券がある、預金通帳がある、土地の権利書がある、式直男の絵画コレクションがある。失踪《しっそう》宣告後の資産管理なぞ、色々な抜け道があるから問題になぞならん」

だから、これらを担保にすれば、いくらでも生活資金は手に入る。現にこの女、もしもの場合は叔父のコレクションを担保にして、金を貸してくれますかとわたしに打診してきたくらいだ。わたしの代わりはいくらでもいるだろう。それにフェルメールが国内で売り捌けない？　それがどうした。表向きは絵画を保管、管理で預けたことにして、秘密裏に担保として金を借りれば、画廊主と知り合いになれる。それがわたしのような悪党なら理想的だ。相続後でも海外の裏マーケットを使って売り捌けば、たしかに折半になるかもしれないが、生涯遊んで暮らせるほどの金が手にはいるんだ。

それに、と青木が自嘲《じちょう》気味に笑った。

「贋作と発表して表社会から消し去ってのちに、実は本物だと裏マーケットに持ち込んで捌けば、相続税を払わずにすむからな。取り分には変わりがないかもしれない。結局……馬鹿を見たのは俺一人、いや、東野もか」

折よくやってきた制服警察官に連行されながら、青木はもう一度「負けだよ」とつぶやいた。それが己にあてた捨てぜりふなのか、それとも那智への哀惜を込めたひとことであったのかは定かではない。

――若槻涼子。なんて女だ。

内藤の思いを見透かすように、

「そろそろお引き取りいただけませんか。しなければならないこともいろいろありますので」

涼子が勝利宣言にも似た、華やいだ声でいった。

ひどく後味の悪げな表情で、二人の警察官が立ち上がろうとしたときだ。

「どうして式直男氏殺害の夜、東野はわたしからの電話に出てしまったんです？」

那智の言葉が、若槻涼子の表情を一変させた。西洋人めいた端整な顔立ちが、別人に見えるほどの変貌《へんぼう》ぶりだった。

「那智先生、前にも同じことをいっていましたよね。たしか妙な音が聞こえたって」

内藤の問いに那智が頷《うなず》いた。

「あの音がどうしても気になって仕方がなかったんだ。だがふと思いだして、ね」

「わかったのですか」

「内藤君は、研究室でもよく受話器を取り落とすだろう」

「ああ、那智先生からの電話に慌てて出ようとするときなど、しばしば」

「あのとき聞いたのは、まさしくその音だったよ」

「というと」

「東野は電話に出る気などなかった。けれど出ざるを得なかった。そして式氏のふりをするしかなかったんだ」

なにかの拍子に東野は、受話器をはずした上に、取り落としてしまったのである。そうなるともう居留守は使えない。慌てて元に戻せば、あとで怪しまれる事態になる。仕方なく東野は式氏になりすましたのである。

「でも、どうしてそんなことが」

「たぶん、涼子と二人でなにかの作業をしていたのだろう」

「遺体の運搬、とか」

「あるいは、家具の移動」

「家具の移動？　なんですか、それは」

涼子を見ると、その顔色からも形勢が逆転したのは明らかだった。動揺などというものではない。恐怖と怒りにしか見えぬ表情で、那智を睨《にら》みつけている。

「たとえばあれさ」と那智が指さしたのは、式直男直筆の絵画だった。鎧戸《よろいど》から漏れる光によって、壁に映されたピンホールカメラの映像を、そのまま描き写して仕上げた作品だ。

「式氏は、あの絵をわざとピンホールカメラの映像が映し出される位置に掛けておいたのだろう」

「ある意味で、洒落《しゃれ》ですね」

「成人男性の膝《ひざ》から少し上くらいの位置に当たる場所。本来はあの絵はそこにあったんじゃないかな。しかも氏ならば、ピンホールカメラの画像そのままに、上下を逆さにして掛けておくくらいのことはしておいたと思う。たぶん、式氏が殺害された夜も」

だが、惨劇はそんな場所に掛けられた絵のすぐ近くで起きた。なんらかの痕跡《こんせき》が残っていても不思議はない。だからこそ犯人は部屋を模様替えし、絵を移動させたのではないか。

そういって、那智は二人の警察官へと向き直った。

「警察による科学捜査はさぞ徹底していたでしょうねえ」

「もちろんです。床下にまで潜って調べましたよ。大変でした」

「各部屋の細部に到るまで、丹念に」

「カーペットもフローリングも、一センチ単位で調べました」

「でもまさか」と、壁に掛けられた例の絵を指さした。

あの絵の額縁部分までは調べていないでしょう。今はあの位置に掛けられていますから、そんなところに痕跡があるはずがないと、だれしも思いがちです。

その言葉が終わる前に、藤村が額縁へと手を掛けた。同時に涼子が立ち上がろうとしたが、その肩を古畑が押さえ込む。

「ありますよ、古畑さん！　なにかで引っ掻《か》いたような傷が。しかもニスが剝《は》げて下の木部《もくぶ》にも傷が。そこに血痕らしきものが付着しています」

藤村の声が明らかに興奮している。反比例して、那智の声は、

「木のひっかき傷に残った血痕は、滅多なことでは洗い流すことができないからね」

と、冷静そのものだ。

ましてや、式直男氏の遺体が発見され、その爪にニスの痕跡があれば、決定的な証拠となる。

「叔父《おじ》の遺体なんか、どこにもないじゃない！　どうやってそんなものを調べるというの」

ヒステリックに涼子が最後の反撃を試みた。

二人の警察官も、顔を見合わせて、首を横に振った。

「おや、二人ともまだわからないのですか」

「なにが、ですか」

「彼女が遠縁の県警幹部まで動かして、この家を捜索させた理由が」

その言葉にあっと声をあげたのは、佐江由美子だった。

「いったん捜索を終えたこの家が、二度と捜索されることはない」

「佐江君のいった通りだ。ましてや洋館の床下は潜りづらい。再び潜って、調べるなんてことは、警察官であっても二度としたくないだろうからねえ」

佐江由美子に先を越されたことがなぜか悔しく、内藤も、

「式直男氏失踪《しっそう》後に屋敷内は徹底的に捜索された。そしてそれからは涼子がずっと屋敷に住み暮らしている。彼女の目を誤魔化して第三者が遺体を床下に埋めることは不可能であるから」

もしも遺体が発見されたとすると、と言葉を続けた。

すぐに令状を取りますと、古畑が勢いづいていった。

取り残されたように若槻涼子のみが、先ほどの青木と同じ目つきになって、意味不明の言葉を呪詛《じゅそ》のように吐き続けた。

「ところで蓮丈先生」と、藤村が背筋を伸ばしながらいった。

「問題のフェルメールかい」

「やはり、あれがないと公判を維持することが難しくなるのでは、と思われるのです

が」

「少しは頭を働かせてごらん。若槻涼子の思考を正確にトレースしてみるんだ」

「と、いわれましても」

「洋画のキャンバスといっても、木枠をはずしてしまえば、ただの布だろう」

那智の皮肉めいた言葉に反応したのは、藤村だった。

そういうことかと、壁に掛かった残りの絵画をすべて取り外した。

「もしかしたら」と藤村がいう。

「たぶん、これらの絵のどれかが隠し場所です。いったん木枠から絵の本体をはずし、フェルメールを張りつけて、その上にさらに絵本体を張りつけているのです」

そういって藤村は、年若い警察官にキャンバスを手渡した。

やがてその一枚から、フェルメールの「青いターバンの少女」と同じ表現方法の系譜を持つ人物画が、現われた。

エピローグ

査問委員会から戻ってきた那智に、珈琲《コーヒー》カップをわたしながら、

「どうでしたか」

と内藤は聞いてみた。一緒にやってきた高杉が、

「どうもこうもないさ。警察からの感謝状が出るようだといってやったら、年寄り連中、なにもいえなくなっていた」

「そりゃ、そうですよね」

「これで一件落着だ」

久しぶりに明るい声でいった。

警察の捜索で床下から式直男の遺体が発見された。殺害後東野の家に隠し、式邸に涼子が住むようになってから、床下に遺体を運び入れたと、二人が自供したという。

佐江由美子が、

「ようやく終わったんですねえ」

しみじみと、嚙《か》みしめるようにつぶやいた。にもかかわらず、

「本当にそうかな」

内藤は自ら発した言葉に驚き、狼狽《ろうばい》した。

「なにをいっているんですか、内藤さん。縁起でもない」

「そうなんだがね、なんだかこう、収まりが悪いというか、腑《ふ》に落ちないというか」

言い淀《よど》む内藤の背中が、高杉によってぽんと叩《たた》かれた。

「さすがは那智先生の助手だ。君が気にしているのは、もしかしたらこれじゃないのか」

高杉は、デスクの下からカメラ・オブスキュラを取り出した。

「そうなんです。まさしくこれなんですよ！」

「ふん、あいかわらず直感だけは鋭いな、内藤君は」

那智が珈琲片手にいったのに、内藤がうなずいた。

「どうしてこんなものを再現する必要があったのか。だってそうでしょう、こいつができあがる前に、高杉さんはすでに論文を仕上げていた。それなのに、どうしてこんなものを高いお金を掛けて再現したのだろうかと、ずっと気になっていたんです」

「あら、それは那智先生が不測の事態を想定して」

「佐江君、果たしてそのためだけだと思う？」

内藤が首を傾げると、那智と高杉が顔を見合わせて小さく笑った。

その夜、宇佐見陶子と待ち合わせたのは新宿のワインバーではなかった。

東急田園都市線、池尻《いけじり》大橋駅から歩いてほど近くの、小さなバーだった。カウンターの背後に設《しつら》えられた洋酒棚を見て、まず由美子が声を呑《の》んだ。楽に千本以上はあるのではないか。招待者の陶子によると、すべてライブボトルで、飾り物は一本としてないという。

「今回は、冬狐堂さんには本当にお世話になった」

那智がいうと、宇佐見陶子は、

「久しぶりに蓮丈先生のお仕事を手伝わせていただき、光栄でした」

そのやりとりが、少しも社交辞令っぽくないことが、いかにも二人らしく思えた。

とりあえずは、全員バーボンソーダで乾杯。

那智と陶子はすぐに、内藤の知らないカクテルに切り替えた。まもなく佐江由美子も二人に合流して、次々にカクテルグラスを空にしていった。

「どうした内藤君、あまり進まないようだな」

「どうしても昼間のことが気になってしまって」

それだけではない。フェルメールの名を引っ張り出したことでさえ驚異なのに、高杉はさらにステップアップした説を裡《うち》に秘めているという。

「あれで完成形じゃないですか」

我ながら愚痴っぽくなっていることを承知で、内藤はあえて問うた。

「なにが、論文の完成形だって？」

「いや、だから仮想民俗学を駆使して、式家に幻のフェルメールがあったことを証明してみせたわけで」

「そのどこが、仮想民俗学なんだ。あれは単なる事実の積み重ねだ」

「じゃあ、論文にはまだ続きがあるのですか」

「だからちゃんと、『仮想民俗学序説』と謳《うた》っていただろう」

「フェルメールの存在を証明するまでが、序説なんですか」

「当たり前だ。本番はこれからだよ」

「いったい、なにをしでかすおつもりなのでしょうか」

「しでかす、はよかったなあ。まあ、いいが」

高杉は新たに注文した、シングルモルトのグラスを舐《な》めながらいう。

なあ、式家に伝わっていたはずの絡繰箱《からくりばこ》はどこに行ってしまったのだろう。べるみーことフェルメールの絵は残されていたというのに。箱のみが失われているのは、いかにも不自然じゃないか。

「だってそれは……まあ木製の箱ですから。壊れてしまったのかも」

「箱よりも滅しやすい、キャンバスが残っているのに、か」

「はあ、それはそうですね」

「ならば、こう考えるべきなんだ。絡繰箱ことカメラ・オブスキュラはだれかが持ち出したのだと」

「いったいなんのために」

「もちろんあれの性能を知り、絵画を描くためだよ」

「けれど、箱にはだれも手を触れなかった、と文書《もんじょ》には書いてありますよ」

「紛失した責任を、取りたくなかったからさ」

ある時、式家からカメラ・オブスキュラは忽然《こつぜん》と消えた。持ち出した人間がいたからだろうが、だれもその責めを負いたくはない。ならばいっそ、何人《なんぴと》も手を触れなかったことにして、それこそ神隠しにでもあったように忽然《こつぜん》と消えたことにすればよいではないか。

いつの間にか酔いが回ったらしい。少々ろれつが回らないのを自覚しながら、内藤は挑む口調でいった。

「高杉さん、またまた見てきたような嘘をいうんだから」

「そうかな、それが一番合理的な考え方じゃないか」

「なんだか納得できないな」

「だったら、納得したふりをして、話を進めようじゃないか」

「なるほど、仮想の民俗学ですか」

「あらためて内藤君に問う。例のカメラ・オブスキュラを持ち出した人間は、どんな絵師になったと仮想する」

「と、いわれましてもねえ。絵のことはまるっきりの門外漢ですから」

「わたしだってそうさ。ならばあらゆる方法論を駆使するしかない。たとえばあのカメラ・オブスキュラのもっとも大きな特徴はなんだ」

一瞬にして、内藤の記憶が宇佐見陶子からカメラ・オブスキュラを受け取った夜に遡行《そこう》した。

――あの夜、佐江君がカメラ・オブスキュラを通したぼくを見て、ひどく笑った。

そして、内藤もまた同じことを佐江由美子に試みて、歪《ゆが》んだ映像に驚いたことを正確に思い出した。

「本来ならば正確な映像を映し出すためのメカニズムですが、あのカメラ・オブスキュラはガラス板が湾曲しているために、像が歪んでしまいます」

「さらに別の観点から見てみよう。キャンバスの裏に隠されていたフェルメールを、君も見たね」

「はい、バックを黒く塗り、人物が浮き上がるような技法が使用されていました」

「江戸時代、カメラ・オブスキュラを持ち出した人間が、あの絵を見た可能性は果たして低いだろうか」

「果たして低いかと問われれば、高いというしかないでしょうね。同じ場所に保管されていたはずですから」

「絵師に憧《あこが》れを抱き、そして例の箱を持ち去ったほどの人間は、フェルメールを見てどう感じただろうか」

「たぶん……洋画そのものを見慣れていない時代ですから、相当の衝撃を受けたと考えられます」

絵師になりたかった某氏。

歪んだ映像を映し出すカメラ・オブスキュラ。

黒塗りの背景によって人物像を浮き上がらせるフェルメールの技法。

その技法に接したときに感じるであろう、某氏の衝撃。

そして、憧れ。

次第に内藤の中にひとつの画像が組み上がっていった。

雲母《きら》刷りと呼ばれる技法を好んで用いた浮世絵師の作品である。雲母《きら》とは雲母《うんも》の粉末を用いた顔料のことで、地色を光沢のあるキラキラしたラメのような状態にする特徴がある。

その絵師の初期の作品には、非常に大きな特徴があった。上半身の役者絵を描かせると、全体のバランスがひどく悪いのである。顔ばかり大きく、両手が子供のように小さい。

「高杉さん、まさか式家からカメラ・オブスキュラを持っていって、やがて絵師になったという人物とは」

「それを証明するために、わたしはあれを再現させた」

けれど、と高杉はいう。学術的にそれを問うのは、まだ先のことになるだろう。試みねばならぬ証明がまだ、山のように残されている。

二人のやりとりを聞いていた佐江由美子が、小さな声で「だれのことですか」とたずねたが、内藤には答えることができなかった。その名前を口にする権利を有しているのは、高杉以外にはいない。

「仮想民俗学か、すごいな」

「えっ、内藤さん、なにかいいましたか」

「いや、なんでもない」

何杯目かすでに忘れてしまっているけれど、グラスのバーボンソーダを飲み干しながら、内藤は胸の裡で、そっとつぶやいた。

――SHA・RA・KU……。

解説

大矢《おおや》　博子《ひろこ》（書評家）

二〇一〇年一月に四十八歳という若さで北森鴻《きたもりこう》が急逝して、もう十四年になる。にもかかわらず、こうして作品が装いも新たに二次文庫化され、新たな読者に届けられるのは実に感慨深いものがある。本書を新刊として手に取った読者は、もしかしたら北森鴻が活躍していた時代をリアルタイムでは知らない世代かもしれない。それが「読み継がれる」ということだ。どうです、平成にはこんな面白い話を書く作家がいたんですよ。

北森鴻のミステリは、骨董《こっとう》や美術品を題材にしたもの、歴史を扱ったもの、本書のように民俗学を扱ったもの、さらには安楽椅子探偵ものやユーモアミステリなど、実に幅広いジャンルにわたっている。そんな中でこの「蓮丈那智《れんじょうなち》フィールドファイル」シリーズは、『花の下にて春死なむ』に始まる「香菜里屋《かなりや》」シリーズ（講談社文庫）と並ぶ二枚看板、氏の代表作と言っていい。

シリーズ第一作『凶笑面《きょうしょうめん》』が刊行されたのは四半世紀近く前の二〇〇〇年五月。第二作『触身仏《しょくしんぶつ》』が二〇〇二年八月、第三作にあたる本書は二〇〇五年八月に単行本が刊行されている。第四作にしてシリーズ初となる長編『邪馬台《やまたい》』（「小説新潮」連載時のタイトルは『鏡連殺《かがみれんさつ》』）の連載中に北森が亡くなったため、そこからは公私共にパートナーである浅野里沙子《あさのりさこ》が引き継いで完成させた。なお、単行本未収録作品と、遺《のこ》されたプロットを浅野が完成させた作品と、オリジナル作品を収録した『天鬼越《あまぎごえ》』がシリーズ第五作となる。いずれも今後、角川文庫入りする予定だ。

本シリーズは東敬《とうけい》大学の助教授（当時は准教授ではなくこう呼ばれていた）で異端の民俗学者・蓮丈那智をホームズ役に、その助手の内藤三國《ないとうみくに》をワトソン役に据《す》えた本格ミステリの連作である。前作『触身仏』所収の「御蔭講《おかげこう》」から蓮丈研究室に加わった佐江由美子《さえゆみこ》も本書ではレギュラーとして定着した。民俗学的に興味深い情報を得ると彼らは現地にフィールドワークに行くが、その都度、犯罪に巻き込まれるというのが基本設定だ。

どの話も民俗学上の謎と事件がリンクしていく様が読みどころだが、その幅広さに唸《うな》ってしまう。たとえば第一話「憑代忌《よりしろき》」では、大学の木造旧校舎の前で写真を撮ると単位を落とすというキャンパス内都市伝説（都市伝説も民俗学の重要な対象だ）に始まり、旧家に伝わる人形調査に出かけた三國と由美子が事件に巻き込まれる。人形が紛失し、さらに殺人事件が……という展開だ。北森版『人形はなぜ殺される』（高《たか》木《ぎ》彬光《あきみつ》）とでも言おうか。事件の真相のみならず、大学の都市伝説と殺人事件がどうつながるのかというあたりも読みどころ。

第二話「湖底祀《みなそこのまつり》」は円湖《つぶらこ》と呼ばれる湖の底で大規模な石鳥居が発見されたという話。それを予言したかのような文章が役場のホームページに記載されていたことに那智は疑問を持つ。第三話「棄神祭《きじんさい》」は那智が学生の頃に遭遇した殺人事件が語られ、その場所をあらためて訪れて過去に何があったのかを解き明かす。

どれも事件とその真相だけで（乱暴な言い方をすれば）民俗学部分がなくても充分端正な本格ミステリとして成立している。しかしそこに民俗学を絡めることでこのシリーズは〈思考を結びつけることの面白さ〉を味わわせてくれるのだ。第一話の都市伝説や五行思想、人形とは何かという話、第二話の鳥居の由来や海幸彦・山幸彦の話、第三話の数え歌。一見素《す》っ頓狂《とんきょう》にも無関係にも思えるような事象が、論理によって結びついていく。「そこがつながるのか」「そう解釈するのか」というサプライズとカタルシス。ここで語られる那智のさまざまな仮説が真実かどうかは関係ない。真実のように思ってしまう、納得させられてしまうことが大事なのだ。その論理のアクロバットはミステリの醍醐味《だいごみ》と同じなのである。膝《ひざ》を打つ快感と、未知の情報に触れる知的好奇心への刺戟《しげき》。その両方がこのシリーズには詰まっている。

その白眉《はくび》は第四話の表題作だ。式直男《しきすなお》という謎の人物が書いた論文が学会誌に掲載された。その論文に一部が引用されている《式家文書》を見せてもらうべく四国の式家を訪ねたところ、当の式直男が失踪《しっそう》したという。しかも那智が疑われて……。

これぞアクロバットだ。旧来の民俗学に反旗を翻すような論文から始まったこの話が、まさかこんなところにつながるとは。絵画から工芸（というよりメカというべきか）まで扱う対象も幅広い。だが読みながらふと我に返るのだ。どこまで読んでも有名浮世絵師・写楽《しゃらく》につながるような要素がないのである。タイトルが「写楽・考」なのに！

このタイトルの意味がわかったときには「うわあ」と仰《の》け反《ぞ》った。あり得ない。あり得ないのだが、いや、絶対ないとは言えないぞ、確かに筋は通る——と思ってしまった時点で北森鴻の術中なのだ。著者の手のひらでコロコロ転がされるうちに、手のひらにいると思っていたのがいつの前にか肩の上に乗っていることに気づいて驚くような、そんな体験をさせてくれる。まさに〈思考を結びつけることの面白さ〉がここにある。

一冊を通して読むと短編集とは思えない情報量に圧倒される。北森鴻の〈知〉が集結して行間から迸《ほとばし》っているのを感じる。それをこちらも全力で受け止めるのが実に楽しい。

この第四話には著者の別シリーズの登場人物である宇佐見陶子《うさみとうこ》が既刊に続いて再登場。また、ずっと陰に日向に蓮丈研究室を支えてきた教務部の「狐目の男」の名前も判明する。オールスターキャストが揃ったところで、いよいよ未完の絶筆となった長編『邪馬台』へと進むことになる。

なお、「湖底祀」についてあまり知られていない話がある。最後にそれを紹介しよう。前述の浅野さん曰《いわ》く、この物語は北森鴻が「木村拓哉《きむらたくや》さんが出演していたドラマで、湖の底に鳥居があったのを見て思いついた」のだそうだ。時期を考えると、二〇〇二年にフジテレビで放送された、明石家《あかしや》さんま・木村拓哉主演「空から降る一億の星」の第九話の一場面だろう。そのシーンは群馬県の赤城《あかぎ》公園内の小沼でロケが行われ、鳥居は撮影用のセットだったようだが、まさか月9ドラマが「湖底祀」を誕生させたとは！

余談だが、北森鴻はかつて湯田《ゆだ》温泉の馴染《なじ》みのバーでカラオケを所望され、TOKIOの「宙船《そらふね》」を歌った（けっこううまかった）そうで、意外とアイドル好きだったのかもしれない。一度そんな話をしてみたかったなあ。

以前、新装版『香菜里屋を知っていますか』（講談社文庫）の解説を担当したときに「蓮丈那智シリーズについても北森さんの興味深いエピソードを聞いたのだが、ここに書くには少々適さない。今後復刊の機会でもあればその折にぜひ披露させていただこう」と書いたが、それがこの話である。このときはまだ復刊予定を聞いていなかったのだが、お伝えすることができてよかった。北森鴻を新たに知った読者も、著者がぐっと身近に感じられたのではないだろうか。

亡くなって何年、と数えることは容易《たやす》い。だが物語が読まれ続ける限り、作家は死なない。こうして復刊されたり電子化されたりしていつでも北森鴻作品が読者の手の届くところにある今が、とても嬉しいのである。

本書は、二〇〇八年二月に刊行された
新潮文庫を加筆修正したものです。

扉裏デザイン／青柳奈美

写《しゃ》楽《らく》・考《こう》

蓮丈《れんじょう》那智《なち》フィールドファイルⅢ

北《きた》森《もり》 鴻《こう》

令和６年　５月25日　初版発行
令和６年　８月５日　３版発行

発行者●山下直久

発行●株式会社KADOKAWA
〒102-8177　東京都千代田区富士見2-13-3
電話　0570-002-301（ナビダイヤル）

角川文庫 24163

印刷所●株式会社KADOKAWA
製本所●株式会社KADOKAWA

表紙画●和田三造

◎本書の無断複製（コピー、スキャン、デジタル化等）並びに無断複製物の譲渡および配信は、著作権法上での例外を除き禁じられています。また、本書を代行業者等の第三者に依頼して複製する行為は、たとえ個人や家庭内での利用であっても一切認められておりません。
◎定価はカバーに表示してあります。

●お問い合わせ
https://www.kadokawa.co.jp/（「お問い合わせ」へお進みください）
※内容によっては、お答えできない場合があります。
※サポートは日本国内のみとさせていただきます。
※Japanese text only

©Rika Asano 2005, 2008, 2024　Printed in Japan
ISBN 978-4-04-114080-2　C0193

◆◇◇

角川文庫発刊に際して

角川源義

第二次世界大戦の敗北は、軍事力の敗北であった以上に、私たちの若い文化力の敗退であった。私たちの文化が戦争に対して如何に無力であり、単なるあだ花に過ぎなかったかを、私たちは身を以て体験し痛感した。西洋近代文化の摂取にとって、明治以後八十年の歳月は決して短かすぎたとは言えない。にもかかわらず、近代文化の伝統を確立し、自由な批判と柔軟な良識に富む文化層として自らを形成することに私たちは失敗して来た。そしてこれは、各層への文化の普及滲透を任務とする出版人の責任でもあった。

一九四五年以来、私たちは再び振出しに戻り、第一歩から踏み出すことを余儀なくされた。これは大きな不幸ではあるが、反面、これまでの混沌・未熟・歪曲の中にあった我が国の文化に秩序と確たる基礎を齎らすためには絶好の機会でもある。角川書店は、このような祖国の文化的危機にあたり、微力をも顧みず再建の礎石たるべき抱負と決意とをもって出発したが、ここに創立以来の念願を果すべく角川文庫を発刊する。これまで刊行されたあらゆる全集叢書文庫類の長所と短所とを検討し、古今東西の不朽の典籍を、良心的編集のもとに、廉価に、そして書架にふさわしい美本として、多くのひとびとに提供しようとする。しかし私たちは徒らに百科全書的な知識のジレッタントを作ることを目的とせず、あくまで祖国の文化に秩序と再建への道を示し、この文庫を角川書店の栄ある事業として、今後永久に継続発展せしめ、学芸と教養との殿堂として大成せんことを期したい。多くの読書子の愛情ある忠言と支持とによって、この希望と抱負とを完遂せしめられんことを願う。

一九四九年五月三日

角川文庫ベストセラー

凶笑面
蓮丈那智フィールドファイルⅠ
北森鴻

「異端の民俗学者」と呼ばれる蓮丈那智が、フィールドワークで遭遇する数々の事件に挑む！　激しく踊る祭祀の鬼。丘に建つ旧家の離屋に秘められた因果――。連作短編の名手・北森鴻の代表シリーズ、再始動！

触身仏
蓮丈那智フィールドファイルⅡ
北森鴻

東北地方の山奥に佇む石仏の真の目的。死と破壊の神が変貌を繰り返すに至る理由とは――？　孤高の民俗学者と気弱で忠実な助手が、奇妙な事件に挑む5篇を収録。連作短篇の名手が放つ本格民俗学ミステリ！

狩人の悪夢
有栖川有栖

ミステリ作家の有栖川有栖は、今をときめくホラー作家、白布施と対談することに。「眠ると必ず悪夢を見る」という部屋のある、白布施の家に行くことになったアリスだが、殺人事件に巻き込まれてしまい……。

こうして誰もいなくなった
有栖川有栖

孤島に招かれた10人の男女、死刑宣告から始まる連続殺人――。有栖川有栖があの名作『そして誰もいなくなった』を再解釈し、大胆かつ驚きに満ちたミステリにしあげた表題作を始め、名作揃いの贅沢な作品集！

永遠についての証明
岩井圭也

圧倒的「数覚」に恵まれた瞭司の死後、熊沢はその遺書といえる研究ノートを入手するが――。冲方丁、辻村深月、森見登美彦絶賛！　選考委員の圧倒的評価を勝ち取った、第9回野性時代フロンティア文学賞受賞作！

角川文庫ベストセラー

夏の陰　岩井圭也

実力を持ちながら、公式戦を避けてきた岳。父が殺人を犯し、隠れるように生きる岳は、一度だけ全日本剣道選手権予選に出場する。しかし立ちはだかったのは、父が殺した男の息子だった――。圧倒的筆致で描く罪と赦しの物語。

さらわれたい女　歌野晶午

「私を誘拐してください」。借金だらけの便利屋を訪れた美しい人妻。報酬は百万円。夫の愛を確かめるための狂言誘拐はシナリオ通りに進むが、身を隠していた女が殺されているのを見つけて……。

世界の終わり、あるいは始まり　歌野晶午

東京近郊で連続する誘拐殺人事件。事件が起きた町内に住む富樫修は、ある疑惑に取り憑かれる。小学六年生の息子・雄介が事件に関わりを持っているのではないか。そのとき父のとった行動は……衝撃の問題作。

家守　歌野晶午

何の変哲もない家で、主婦の死体が発見された。完全な密室状態だったため事故死と思われたが、捜査のうちに30年前の事件が浮上する。歌野晶午が巧みに描く「家」に宿る5つの悪意と謎。衝撃の推理短編集！

クレシェンド　竹本健治

ゲームソフトの開発に携わる矢木沢は、ある日を境に激しい幻覚に苦しめられるようになる。幻覚は次第に進化し古事記に酷似したものとなっていく。『涙香迷宮』の鬼才・竹本健治が描く恐怖のメカニズム。

角川文庫ベストセラー

腐蝕の惑星　竹本健治

最初は正体不明の黒い影だった。そして繰り返し襲ってくる悪夢。航宙士試験に合格したティナの周囲に起こる奇妙な異変。『涙香迷宮』の著者による、入手困難だった名作SFがついに復刊！

閉じ箱　竹本健治

幻想小説、ミステリ、アイデンティティの崩壊を描いたアンチミステリ、SFなど多岐のジャンルに及ぶ竹本健治の初期作品を集めた、ファン待望の短篇集、ついに復刊！

フォア・フォーズの素数　竹本健治

『涙香迷宮』の主役牧場智久の名作「チェス殺人事件」やトリック芸者の『メニエル氏病』など珠玉の13篇。『匣の中の失楽』から『涙香迷宮』まで40年。ついに復刊される珠玉の短篇集！

狐火の辻　竹本健治

温泉街で連続する不可思議な事故と怪しい都市伝説。一見無関係な出来事に繋がりを見出した刑事の楢津木は、IQ208の天才棋士・牧場智久と真相解明に乗り出す。鬼才が放つ圧巻のサスペンス・ミステリ。

生首に聞いてみろ　法月綸太郎

彫刻家・川島伊作が病死した。彼が倒れる直前に完成させた愛娘の江知佳をモデルにした石膏像の首が切り取られ、持ち去られてしまう。江知佳の身を案じた叔父の川島敦志は、法月綸太郎に調査を依頼するが。

角川文庫ベストセラー

ノックス・マシン　法月綸太郎

上海大学のユアンは、国家科学技術局から召喚の連絡を受けた。「ノックスの十戒」をテーマにした彼の論文で確認したいことがあるというのだ。科学技術局に出向くと、そこで予想外の提案を持ちかけられる。

パズル崩壊 WHODUNIT SURVIVAL 1992-95　法月綸太郎

女の上半身と男の下半身が合体した遺体が発見された。残りの体と密室トリックの謎に迫る（「重ねて二つ」）。現金強奪事件を起こした犯人が陥った盲点とは？（「懐中電灯」）全8編を収めた珠玉の短編集。

赤い部屋異聞　法月綸太郎

日常に退屈した者が集い、世に秘められた珍奇な話や猟奇譚を披露する「赤い部屋」。新入会員のT氏は、これまで99人の命を奪ったという恐るべき〈殺人遊戯〉について語りはじめる。表題作ほか全9篇。

友達以上探偵未満　麻耶雄嵩

忍者と芭蕉の故郷、三重県伊賀市の高校に通う伊賀ももと上野あおは、地元の謎解きイヴェントで殺人事件に巻き込まれる。探偵志望の2人は、ももの直感力とあおの論理力を生かし事件を推理していくが⁉

金田一耕助に捧ぐ九つの狂想曲　赤川次郎・有栖川有栖・小川勝己・北森鴻・京極夏彦・栗本薫・柴田よしき・菅浩江・服部まゆみ

もじゃもじゃ頭に風采のあがらない格好。しかし誰よりも鋭く、心優しく犯人の心に潜む哀しみを解き明かす――。横溝正史が生んだ名探偵が9人の現代作家の手で蘇る！　豪華パスティーシュ・アンソロジー！